ITALO CALVINO

DIE UNSICHTBAREN STÄDTE

Roman

Aus dem Italienischen von Heinz Riedt

HANSER VERLAG

Titel der Originalausgabe:
LE CITTÀ INVISIBILI

ISBN 3-446-14053-0
2. Auflage 1984

Umschlag: Klaus Detjen
Druck und Bindung: Mühlberger, Augsburg
Printed in Germany

I

Es ist nicht gesagt, daß Kublai Khan alles glaubt, was Marco Polo erzählt, wenn er die auf seinen Sendreisen besuchten Städte schildert, aber der Tatarenkaiser hört dem jungen Venezianer nach wie vor mit größerer Wißbegierde und Aufmerksamkeit zu als jedem andern seiner Sendboten oder Kundschafter. Im Leben der Kaiser gibt es einen Augenblick, der nach dem Stolz auf die grenzenlose Weite der eroberten Gebiete eintritt, nach Wehmut und Trost über das Wissen, daß man bald verzichten wird, sie kennen und verstehen zu lernen; wie ein Leergefühl, das eines Abends von uns Besitz ergreift, gleichzeitig mit dem Geruch von Elefanten nach dem Regen und von Sandelholzasche, die in den Glutbecken erkaltet; ein Schauer, der die auf dem rotbraunen Buckel der Planisphären zur Geschichte erhobenen Flüsse und Berge erbeben läßt, der eine um die andere die Depeschen einrollt, die uns den Zusammenbruch der feindlichen Heere, Niederlage auf Niederlage künden, der das Siegelwachs an den Briefen nie vernommener Könige aufbricht, die den Schutz unserer vorrückenden Armeen heischen im Austausch für Jahrestribute an Edelmetallen, gegerbten Fellen, Schildkrötenpanzern: Das ist der verzweifelte Augenblick, da man gewahr wird, daß dieses Imperium, das uns doch als Summe sämtlicher Wunder erschienen war, ein Auseinanderfallen ohn Ende und Form ist, daß seine Verderbtheit schon ein allzu verbreitetes Krebsgeschwür ist, um von unserm Zepter noch abgewandt werden zu können, daß unser Triumph über die feindlichen Herrscher uns zu Erben ihres langewährenden Niedergangs gemacht hat. Nur bei den Berichten Marco Polos vermochte Kublai Khan durch die zum Einsturz bestimmten Mauern und Türme hindurch das Filigran einer Anordnung zu erkennen, die so subtil ist, daß sie dem Biß der Termiten entgeht.

DIE STÄDTE UND DIE ERINNERUNG

1

Geht man von dort drei Tage gen Sonnenaufgang, ist man in Diomira, Stadt mit sechzig silbernen Kuppeln, Bronzestatuen sämtlicher Götter, zinngepflasterten Straßen, einem kristallenen Theater und einem goldenen Hahn, der jeden Morgen vom Turm kräht. All diese schönen Dinge sind dem Reisenden vertraut, da er sie auch in anderen Städten schon gesehen hat. Doch ist es eine Eigenart dieser Stadt, daß den, der eines Septemberabends hier eintrifft, wenn die Tage kürzer werden und die bunten Lampen über den Türen der Bratstuben alle zugleich angehen und auf einer Terrasse eine Frauenstimme »Huch« macht, der Neid überkommt auf die, die jetzt meinen, so einen Abend schon einmal erlebt zu haben und jenes Mal glücklich gewesen zu sein.

DIE STÄDTE UND DIE ERINNERUNG

2

Den Menschen, der lange durch wilde Gegenden reitet, ergreift Sehnsucht nach einer Stadt. Endlich gelangt er nach Isidora, Stadt, wo die Paläste Wendeltreppen haben, die mit Meermuscheln umwandet sind, wo man nach den Regeln der Kunst Ferngläser und Geigen baut, wo der Fremdling, der zwischen zwei Frauen nicht entscheiden kann, allemal einer dritten begegnet, wo die Hahnenkämpfe in blutigen Streit zwischen den Wettenden ausarten. An alle diese Dinge dachte er, als er sich nach einer Stadt sehnte. Isidora ist also die Stadt seiner Träume. Mit einem Unterschied: Die erträumte Stadt barg ihn als jungen Menschen; nach Isidora kommt er in hohem Alter. Auf dem Marktplatz ist das Mäuerchen der Alten, die der Jugend nachschauen, die vorbeigeht; er sitzt mit ihnen in einer Reihe. Die Wünsche sind schon Erinnerungen.

DIE STÄDTE UND DER WUNSCH

1

Über die Stadt Dorotea kann man auf zweierlei Weise sprechen: Man kann sagen, daß sich vier Aluminiumtürme von ihren Mauern erheben, die sieben Tore flankieren, deren Federzugbrücke sich über einen Graben legt, dessen Wasser vier grüne Kanäle speist, die durch die Stadt fließen und sie in neun Bezirke mit je dreihundert Häusern und siebenhundert Rauchfängen aufteilen, und bemerken, daß sich die heiratsfähigen Mädchen eines jeden Bezirks mit jungen Männern aus anderen Bezirken verheiraten und ihre Familien die Waren austauschen, die eine jede in Ausschließlichkeit besitzt: Bergamotten, Störrogen, Astrolabien, Amethyste, auf Grund dieser Gegebenheiten Berechnungen erstellen, bis man alles weiß, was man will von der Stadt in Vergangenheit, Gegenwart, Zukunft; oder man kann sagen, wie der Kameltreiber, der mich da hinunterführte: »Ich kam in meiner frühen Jugend eines Morgens her, viele

Leute eilten durch die Straßen zum Markt, die Frauen hatte schöne Zähne und sahen einem offen in die Augen, auf einem Podest spielten drei Soldaten Klarinette, ringsum drehten sich überall Räder und wehten bunte Inschriften. Zuvor hatte ich nichts als Wüste und Karawanenwege gekannt. An dem Morgen in Dorotea fühlte ich, daß es kein Glück auf der Welt gab, das ich mir nicht hätte erwarten können. In der Abfolge der Jahre kehrten meine Augen zur Betrachtung der Wüste und der Karawanenwege zurück; doch nun weiß ich, daß dies nur einer von den vielen Wegen ist, die sich mir an jenem Morgen in Dorotea auftaten.

DIE STÄDTE UND DIE ERINNERUNG

3

Vergeblich, großmütiger Kublai, wird mein Versuch sein, dir die Stadt Zaira mit den hohen Bastionen zu schildern. Ich könnte dir sagen, wie viele Stufen die treppenartig angelegten Straßen aufweisen, welches Maß die Bögen der Laubengänge haben, mit was für Zinkplatten die Dächer gedeckt sind; doch ich weiß schon, daß dies wäre, als sagte ich dir nichts. Nicht daraus besteht die Stadt, sondern aus Beziehungen zwischen ihren räumlichen Abständen und den Geschehnissen ihrer Vergangenheit: die Bodenhöhe einer Straßenlaterne und die baumelnden Füße eines erhängten Usurpators; der von der Straßenlampe zur gegenüberliegenden Brüstung gezogene Draht und die Girlanden über dem Weg, den der Hochzeitszug der Königin nimmt; die Höhe jenes Balkongeländers und der Sprung des Ehebrechers, der im Morgengrauen darüber hinwegsetzt; die Neigung eines Abflußrohrs und das Hindurchschlüpfen einer Katze in dasselbe Fenster; die Schußlinie eines plötzlich hinter dem Kap aufgetauchten Kanonenboots und die Granate, die das Abflußrohr zerstört; die Risse in den Fischernetzen und die drei Alten, die netzeflickend auf der Mole sitzen und sich zum hundertsten Male die Geschichte vom Kanonenboot des Usurpators erzählen, der, wie es heißt, als uneheliches Kind der Königin auf ebendieser Mole in Windeln ausgesetzt worden war.

Mit dieser aus den Erinnerungen zurückkehrenden Woge saugt sich die Stadt voll wie ein Schwamm und breitet sich aus. Eine Beschreibung Zairas, wie es heute ist, müßte Zairas gesamte Vergangenheit enthalten. Aber die Stadt sagt nicht ihre Vergangenheit, sie enthält sie wie die Linien einer Hand, geschrieben in die Straßenränder, die Fenstergitter, die Brüstungen der Treppengeländer, die Blitzableiter, die Fahnenmasten, jedes Segment seinerseits schraffiert von Kratzern, Sägspuren, Einkerbungen, Einschlägen.

DIE STÄDTE UND DER WUNSCH

2

Binnen dreier Tage, gen Mittag gehend, trifft der Mensch auf Anastasia, Stadt, die von konzentrischen Kanälen benetzt und von Nordwinden überweht wird. Nun müßte ich dir die Waren aufsagen, die man hier vorteilhaft einkauft: Achat, Onyx, Chrysopras und weitere Arten von Chalcedon; das Fleisch des Goldfasans loben, den man hier über der Flamme abgelagerten Kirschholzes brät und reichlich mit Oxiganum bestreut; von den Frauen sprechen, die ich in einem Gartenbecken baden sah und die manchmal – so heißt es – den Daherkommenden auffordern, sich mit ihnen zu entkleiden und sie im Wasser zu haschen. Doch mit solchen Berichten würde ich dir das wahre Wesen der Stadt nicht wiedergeben; denn während die Beschreibung Anastasias die Wünsche nur einen nach dem andern weckt, dich zwingend, sie zu unterdrücken, werden bei dem, der sich eines Morgens mitten in Anastasia befindet, die

Wünsche alle auf einmal wach und umgeben ihn. Die Stadt erscheint dir als ein Ganzes, wo kein Wunsch verlorengeht und deren Teil du bist, und da sie im Genuß all dessen ist, was du nicht genießt, bleibt dir nur, in diesem Wunsch zu wohnen und dich damit zu bescheiden. Solche Macht, einmal gut und einmal böse genannt, hat Anastasia, trügerische Stadt: Arbeitest du acht Stunden am Tag als Schleifer von Achat, Onyx und Chrysopras, dann nimmt deine Mühe, die dem Wunsche Form gibt, die Form des Wunsches an, und du glaubst für ganz Anastasia zu genießen, während du nichts anderes als ihr Sklave bist.

DIE STÄDTE UND DIE ZEICHEN

1

Tagelang geht der Mensch zwischen Bäumen und Steinen einher. Selten verweilt das Auge auf einem Ding, nämlich wenn er es als Zeichen für etwas anderes erkannt hat: Eine Spur im Sand deutet auf das Vorbeikommen eines Tigers, eine Pfütze verheißt eine Wasserader, die Hibiskusblüte das Ende des Winters. Alles übrige ist stumm und auswechselbar; Bäume und Steine sind nur, was sie sind.

Schließlich führt die Reise zur Stadt Tamara. Man kommt ins Innere durch Straßen, randvoll mit Ladenschildern, die aus den Mauern herausragen. Nicht Dinge sieht das Auge, sondern Figuren von Dingen, die andere Dinge bedeuten: Die Zange bezeichnet das Haus des Zahnbrechers, der Becher die Taverne, die Hellebarden das Wachkorps, die Handwaage die Gemüseverkäuferin. Statuen und Schilde zeigen Löwen, Delphine, Türme, Sterne: Zeichen dafür, daß etwas – wer weiß, was – zum Zeichen einen Löwen oder Delphin oder Turm oder Stern hat. Andere Signale machen auf etwas aufmerksam. Was an einem Orte verboten ist – mit Karren in die Gasse hineinfahren, hinter dem Kiosk urinieren, von der Brücke aus angeln – oder auch gestattet – Zebras tränken, Bocce spielen, die Leichen der Verwandten verbrennen. Von der Tempeltür aus sieht man die Statuen der Götter, ein jeder mit seinen Attributen versehen: dem Füllhorn, der Sanduhr, der Meduse, wodurch der Gläubige sie erkennen und ihnen die richtigen Gebete zuwenden kann. Trägt ein Gebäude kein Wahrzeichen oder keine Figur, genügen seine Form und seine Lage im Gefüge der Stadt, um die Funktion auszuweisen: der Königspalast, die Münze, die pythagoreische Schule, das Bordell. Auch die Waren, die von den Verkäufern an den Ständen ausgelegt werden, gelten nicht für sich selber, sondern als Zeichen für andere Dinge: Das gestickte Stirnband heißt Eleganz, die vergoldete Sänfte heißt Macht, die Folianten des Averroes heißen Wissen, das Geschmeide fürs Fußgelenk heißt Wollust. Der Blick überfliegt die Straßen wie beschriebene Seiten: Die Stadt sagt alles, was du zu denken hast, läßt dich ihre Rede wiederholen, und während du Tamara zu besuchen glaubst, registrierst du nur die Namen, mit denen sie sich selbst und alle ihre Teile bezeichnet.

Wie die Stadt unter dieser dichten Hülle von Zeichen wirklich ist, was sie enthält oder verbirgt – der Mensch verläßt Tamara, ohne es erfahren zu haben. Draußen dehnt sich das leere Land bis zum

Horizont, tut sich der Himmel auf, wo die Wolken laufen. In der Form, die Zufall und Wind den Wolken verleihen, ist der Mensch schon im Begriff, Gestalten zu sehen: ein Segelschiff, eine Hand, einen Elefanten ...

DIE STÄDTE UND DIE ERINNERUNG

4

Jenseits von sechs Flüssen und drei Bergketten steht Zora, eine Stadt, die keiner vergessen kann, der sie einmal gesehen hat. Doch nicht, weil sie gleich anderen denkwürdigen Städten in der Erinnerung ein außergewöhnliches Bild hinterließe. Zora hat die Eigenschaft, Punkt für Punkt im Gedächtnis zu bleiben mit seiner Abfolge von Straßen und von Häusern entlang den Straßen und von Türen und Fenstern an den Häusern, obwohl es dabei keine besonderen Schönheiten oder Seltenheiten aufzuweisen hat. Sein Geheimnis ist die Art, in der das Auge über Figuren gleitet, die einander folgen wie bei einer Partitur, in der man keine Note verändern oder vertauschen darf. Der Mensch, der auswendig weiß, wie Zora beschaffen ist, geht nachts, wenn er nicht schlafen kann, in Gedanken durch seine Straßen und erinnert sich der Aufeinanderfolge von Messinguhr, gestreifter Markise des Haarschneiders, Springbrunnen mit den vier Strahlen, gläsernem Turm des Astronomen, Stand des Wassermelonenverkäufers, Statue von Eremiten und Löwen, türkischem Bad, Kaffee an der Ecke, Querstraße, die zum Hafen führt. Diese Stadt, die man nicht aus seinem Gedächtnis löscht, ist wie ein Gerüst oder wie ein Netzwerk, in dessen Felder jedermann die Dinge einordnen kann, an die er sich erinnern mag: Namen berühmter Männer, Tugenden, Zahlen, Klassifikationen von Pflanzen oder Mineralien, Daten von Schlachten, Konstellationen, Redeauszüge. Zwischen jedem Begriff und jedem Wegepunkt kann er einen Affinitäts- oder Kontrastbezug herstellen, der zum sofortigen Abruf der Erinnerung dient. Somit sind jene die kenntnisreichsten Leute der Welt, die Zora auswendig kennen.

Doch vergebens habe ich mich auf die Reise begeben, die Stadt zu besichtigen: Gezwungen, unverrückbar und sich selbst gleich zu bleiben, damit man sich besser daran erinnern könne, siechte Zora dahin, zerfiel und verging. Die Welt hat es vergessen.

DIE STÄDTE UND DER WUNSCH

3

Auf zweierlei Art kommt man nach Despina: mit dem Schiff oder mit dem Kamel. Die Stadt zeigt sich verschieden, kommt man vom Land oder vom Meer.

Der Kameltreiber, der am Horizont der Hochebene die Spitzen der Wolkenkratzer, die Radarantennen, die weißroten Luftsäcke, die rauchausstoßenden Schornsteine auftauchen sieht, denkt an ein Schiff, weiß wohl, daß es eine Stadt ist, aber denkt es sich als großes Schiff, das ihn von der Küste wegbringt, als Segler, der im Begriffe ist, in See zu stechen bei dem Wind, der in die noch gerefften Segel fährt, oder als Dampfschiff, dessen Kessel im eisernen Rumpfe stampft, und denkt an alle Häfen, an die Güter aus Übersee, die von Kränen auf die Molen entladen werden, an die Spelunken, wo die Besatzungen verschiedener Flaggen sich die Flaschen über die Schädel schlagen, an die erleuchteten Fenster zu ebener Erde, ein jedes mit einer sich kämmenden Frau.

Im Dunst der Küste unterscheidet der Matrose die Gestalt eines Kamelhöckers, eines mit glänzenden Fransen verzierten Sattels zwischen zwei gefleckten Höckern, die sich schaukelnd vorwärtsbewegen, weiß, daß es eine Stadt ist, aber er denkt es sich als Kamel, von dessen Tragsattel Schläuche und Doppelsäcke mit kandierten Früchten, Dattelwein, Tabakblättern hängen, und sieht sich schon an der Spitze einer langen Karawane, die ihn fortbringt von der Meereswüste zu Süßwasseroasen im gestreiften Schatten von Palmen, zu Palästen mit dicken Kalkmauern und Innenhöfen, belegt mit Kacheln, auf denen Tänzerinnen barfüßig tanzen und ihre Arme ein wenig unterm Schleier, ein wenig überm bewegen.

Jede Stadt bekommt ihre Form von der Wüste, der sie sich entgegenstellt, und so sehen Kameltreiber und Matrose Despina, die Grenzstadt zwischen zwei Wüsten.

DIE STÄDTE UND DIE ZEICHEN

2

Aus der Stadt Zirma kommen die Reisenden mit sehr genauen Erinnerungen zurück: ein blinder Neger, der in die Menge hineinschreit, ein Verrückter, der sich über den Dachsims eines Wolkenkratzers lehnt, ein Mädchen, das mit einem Puma an der Leine spazierengeht. Tatsächlich sind viele Blinde, die den Stock auf Zirmas Straßenpflaster schlagen, Neger, gibt es in jedem Wolkenkratzer einen, der verrückt wird, stehen alle Verrückten stundenlang auf den Simsen, gibt es keinen Puma, der nicht für die Laune eines Mädchens aufgezogen worden wäre. Die Stadt ist übervoll: Sie wiederholt sich, damit irgend etwas im Gedächtnis haftenbleibe.

Auch ich komme aus Zirma: Meine Erinnerung umfaßt Luftschiffe, die in Fensterhöhe in alle Richtungen fliegen, Straßen mit Läden, wo man die Haut der Matrosen tätowiert, Untergrundbahnen voller beleibter Frauen, denen die Stickigkeit zusetzt. Meine

Mitreisenden aber schwören, daß sie ein einziges Luftschiff gesehen haben, das sich über die Türme der Stadt erhob, einen einzigen Tätowierer, der Nadeln und Tinten und perforierte Zeichnungen auf seinem Schemel ordnete, eine einzige Tonne von Frau, die sich auf der Plattform eines Wagens Luft zufächelte. Das Gedächtnis ist übervoll: Es wiederholt die Zeichen, damit die Stadt zu existieren beginnt.

DIE SUBTILEN STÄDTE

1

Isaura, Stadt der tausend Brunnen, soll sich über einem tiefen unterirdischen See erheben. Überall wo es den Einwohnern durch das Graben tiefer senkrechter Löcher gelungen ist, Wasser heraufzuholen, bis dahin und nicht weiter hat sich die Stadt ausgebreitet: Ihr grüner Umkreis wiederholt die dunklen Ufer des begrabenen Sees, eine unsichtbare Landschaft bedingt die sichtbare, alles, was sich im Licht der Sonne bewegt, wird von der Welle getrieben, die eingeschlossen an den Kalkhimmel des Felsens schlägt.

Daraus erwachsen in Isaura zweierlei Religionen. Nach der einen Meinung wohnen die Stadtgötter in der Tiefe, im schwarzen See, der die unterirdischen Wasseradern nährt. Nach der anderen Meinung wohnen die Götter in den am Seil heraufkommenden Eimern, wenn diese über dem Brunnenrand erscheinen, in den sich drehende Gleitrollen, in den Hebewinden der Schöpfwerke, in den Pumphebeln, in den Flügeln der Windmühlen, die das Wasser aus den Bohrlöchern fördern, in den Gerüsten, von denen aus die Bohrsonde geführt wird, in den schwebenden Behältern über den Dächern auf Stangen, in den Schmalbögen der Aquädukte, in allen Wassersäulen, vertikalen Rohren, Hebeln, Überläufen bis hinauf zu den Wetterfahnen, die Isauras luftige Gerüste überragen, der Stadt, die ganz nach oben strebt.

Ausgesandt zur Inspektion der entlegenen Provinzen, kehrten Sendboten und Steuereintreiber des Groß-Khans pünktlich zu dem Palais von Kai-ping-fu und den Magnoliengärten zurück, in deren Schatten wandelnd Kublai ihre langen Berichte hörte. Botschafter waren Perser, Armenier, Syrer, Kopten und Turkomanen; Kaiser ist, wer jedem seiner Untertanen fremd ist, und nur über fremde Augen und Ohren konnte das Imperium dem Kublai seine Existenz zum Ausdruck bringen. In Sprachen, die dem Khan unverständlich waren, berichteten die Abgesandten, was sie in Sprachen gehört hatten, die ihnen unverständlich waren: Aus dieser undurchsichtigen Dichte gingen die vom kaiserlichen Fiskus vereinnahmten Beträge hervor, Namen mitsamt Vaternamen der abgesetzten und enthaupteten Funktionäre, die Ausdehnungen der Bewässerungskanäle, die in Trockenzeiten von den mageren Flüssen gespeist wurden. Als jedoch der junge Venezianer seinen Rechenschaftsbericht ablegte, ergab sich eine andere Kommunikation zwischen ihm und dem Kaiser. Neu hinzugekommen und der Sprachen des Ostens völlig unkundig, konnte sich Marco Polo nicht anders als durch Gesten, Sprünge, Rufe des Erstaunens und des Abscheus, Bellen und sonstige Tierlaute oder auch durch Gegenstände ausdrücken, die er aus seinen Doppelsäcken hervorholte – Straußenfedern, Blasrohre, Quarze – und vor sich anordnete wie Schachfiguren. Zurückgekehrt von den Gesandtschaften, mit denen ihn Kublai betraut hatte, improvisierte der erfindungsreiche Ausländer

Pantomimen, die der Herrscher interpretieren mußte: Eine Stadt wurde beschrieben durch den Sprung eines Fisches, der dem Schnabel eines Kormorans entglitt und in ein Netz fiel, eine andere Stadt durch einen nackten Mann, der ein Feuer durchschritt, ohne sich zu versengen, eine dritte durch einen Totenschädel, der zwischen seinen grünverschimmelten Zähnen eine blendendweiße runde Perle enthielt. Der Groß-Khan entschlüsselte die Zeichen, doch die Beziehung zwischen diesen und den besuchten Orten blieb unklar: Er wußte nie, ob Marco ein Abenteuer wiedergeben wollte, in das er unterwegs geraten war, eine Tat des Stadtgründers, die Wahrsagung eines Astrologen, ein Bilderrätsel oder eine Scharade, die auf einen Namen wies. Doch ob offenkundig oder dunkel, was Marco sagte, hatte alles die Macht von Sinnbildern, die man, wenn man sie einmal gesehen hat, nicht vergessen oder verwechseln kann. In des Khans Geist spiegelte sich das Imperium als eine Wüste hinfälliger und austauschbarer Daten gleich Sandkörnern, aus denen für jede Stadt und Provinz die Figuren erstanden, die des Venezianers Logogryphen hervorriefen.

Im Laufe der Jahreszeiten und der Sendreisen erlernte Marco die tatarische Sprache, viele nationale Mundarten und Stammesdialekte. Seine Erzählungen waren jetzt die genauesten und detailliertesten, die sich der Groß-Khan nur wünschen konnte, es gab keine Frage oder Wißbegierde, die sie nicht hätten zufriedenstellen können. Doch jede Mitteilung über einen Ort rief dem Kaiser jene erste Geste oder jenen ersten

Gegenstand ins Gedächtnis, womit Marco den Ort einmal bezeichnet hatte. Die neue Angabe erhielt von jenem Sinnbild einen Sinn und fügte zugleich einen neuen Sinn hinzu. Vielleicht ist das Imperium, dachte Kublai, nichts weiter als ein Tierkreis von Trugbildern des Geistes.

»Wird es mir an dem Tag, da ich alle Sinnbilder kennen werde«, fragte er Marco, »denn gelingen, mein Imperium endlich zu besitzen?«

Und der Venezianer: »Glaube das nicht, Sire. An dem Tage wirst du selber Sinnbild unter den Sinnbildern sein.«

II

»Die anderen Gesandten machen mich auf Hungersnöte, Erpressungen aufmerksam oder melden mir die Entdeckung von Türkisminen, vorteilhafte Preise für Marderfelle, Lieferangebote von Damaszenerklingen. Und du?« lautete des Groß-Khans Frage an Polo. »Du kehrst aus ebenso fernen Ländern zurück, und alles, was du mir zu sagen weißt, sind die Gedanken eines Menschen, der abends vor seiner Hausschwelle die Kühle genießt. Was nutzt dir dann das viele Reisen?«

»Es ist Abend, wir sitzen auf der Freitreppe deines Palastes, eine leichte Brise weht«, erwiderte Marco Polo. »Welches Land auch immer meine Worte um dich herum wachrufen, du wirst es stets von deiner Warte aus sehen, auch wenn an Stelle des Königspalastes ein Pfahlbaudorf steht und wenn die Brise dir den Geruch einer verschlammten Flußmündung zuträgt.«

»Mein Blick ist der eines Menschen, der in Versunkenheit sitzt und meditiert, ich gebe es zu. Doch der deine? Du überquerst Archipele und Tundren und Bergketten. Bliebest du hier, es wäre das gleiche.«

Der Venezianer wußte, daß Kublai sich nur mit ihm anlegte, um einen eigenen Gedankengang besser verfolgen zu können, und daß seine Antworten und Einwände ihren Platz in einer Rede fanden, die sich schon selbständig in des Groß-Khans Sinn abspielte. Das heißt, es war für sie beide unerheblich, ob Fragen und Lösungen ausgesprochen wurden oder ob jeder von ihnen fortfuhr, sie schweigend zu überdenken. Tatsächlich blieben sie stumm, die Augen halb ge-

schlossen, auf Kissen gestreckt, sich in Hängematten wiegend, lange Bernsteinpfeifen rauchend.

Marco Polo stellte sich vor zu antworten (oder Kublai Khan stellte sich seine Antwort vor), und je weiter er sich in den unbekannten Bezirken ferner Städte verlor, um so mehr verstand er die anderen Städte, durch die er gekommen war, um dorthin zu gelangen, und ging die Etappen seiner Reisen zurück und lernte den Hafen kennen, von dem er aufgebrochen war, und die vertrauten Plätze seiner Jugend und die Umgebung seines Zuhause und den Campiello in Venedig, über den er als Kind gerannt war.

Hier unterbrach ihn Kublai Khan oder stellte sich vor, ihn zu unterbrechen, und Marco Polo stellte sich vor, mit einer Frage wie dieser unterbrochen zu werden: »Gehst du denn mit stets rückwärts gewandtem Kopf voran?« oder: »Ist das, was du siehst, hinter deinem Rücken?« oder, besser gesagt: »Spielt sich deine Reise nur in der Vergangenheit ab?«

Dies alles nur, damit Marco Polo erklären oder sich vorstellen könne, zu erklären oder erklärend vorgestellt werden könne, oder es ihm endlich gelänge, sich selber zu erklären, daß das, was er suchte, immer etwas vor ihm Befindliches war, und auch, wenn es sich um die Vergangenheit handelte, es eine Vergangenheit war, die sich mit der Fortführung seiner Reise mählich änderte, da sich ja die Vergangenheit eines Reisenden gemäß der Reiseroute ändert, und damit meinen wir nicht die nächste Vergangenheit, der jeder vorübergehende Tag einen Tag hinzufügt, sondern die weiter zurückliegende

Vergangenheit. Bei seinem Eintreffen in jeder neuen Stadt findet der Reisende etwas von seiner Vergangenheit, das zu besitzen er nicht mehr gewußt hat: Die Fremdheit dessen, was du nicht mehr bist oder nicht mehr besitzt, erwartet dich auf der Schwelle fremder Orte, die du nicht besitzt.

Marco geht in eine Stadt; er sieht, wie jemand auf einem Platz ein Leben oder auch einen Augenblick lebt, welche die seinen hätten sein können; er hätte jetzt an der Stelle dieses Mannes sein können, wäre er vor langer Zeit in der Zeit stehengeblieben oder hätte er vor langer Zeit an einer Weggabelung nicht die eine entgegengesetzte Straße eingeschlagen und wäre nach langem Umherwandern an die Stelle dieses Mannes auf diesen Platz gekommen. Jetzt ist er von dieser echten oder angenommenen Vergangenheit ausgeschlossen; stehenbleiben kann er nicht; er muß weiter in eine andere Stadt, wo ihn eine andere Vergangenheit seiner selbst erwartet oder etwas, was für ihn vielleicht eine mögliche Zukunft gewesen war und jetzt die Gegenwart eines andern ist. Nicht verwirklichte Zukünfte sind nur Äste der Vergangenheit: verdorrte Äste.

»Reist du, um deine Vergangenheit wiederzuerleben?« lautete an dieser Stelle des Khans Frage, die auch so formuliert hätte sein können: »Reist du, um deine Zukunft wiederzufinden?«

Und Marcos Antwort: »Das Anderswo ist ein Spiegel im Negativ. Der Reisende erkennt das wenige, was sein ist, währenddem er das viele entdeckt, was er nicht gehabt hat und nicht haben wird.«

DIE STÄDTE UND DIE ERINNERUNG

5

In Maurilia wird der Reisende eingeladen, die Stadt zu besichtigen und zugleich gewisse alte Ansichtskarten zu betrachten, die zeigen, wie sie früher war: genau derselbe Platz mit einem Huhn anstelle des Autobusbahnhofs, dem Musikpavillon anstelle der Überführung, zwei Fräulein mit weißem Sonnenschirm anstelle der Munitionsfabrik. Um die Einwohner nicht zu enttäuschen, muß der Reisende die Stadt auf den Ansichtskarten loben und sie der heutigen vorziehen, jedoch darauf bedacht sein, das Bedauern im Rahmen genauer Regeln zu halten: zugegeben, daß Großartigkeit und Wohlstand des zur Metropole gewordenen Maurilia, mißt man diese an dem alten provinziellen Maurilia, keinen Ersatz für eine gewisse verlorene Grazie bieten können, die allerdings auf den alten Karten nur jetzt gewürdigt werden kann, während man, das provinzielle Maurilia vor Augen, an Anmutigem wahrhaftig nichts sah und davon heutzutage noch weniger als nichts sehen würde, wenn Maurilia genauso geblieben wäre, und daß jedenfalls die Metropole noch diesen zusätzlichen Reiz bietet, daß man an Hand dessen, was sie geworden ist, mit Nostalgie an das denken kann, was sie gewesen ist.

Hütet euch, ihnen zu sagen, daß zuweilen verschiedene Städte auf demselben Boden und mit demselben Namen aufeinander folgen, entstehen und vergehen ohne gegenseitige Mitteilbarkeit. Manchmal bleiben auch die Namen der Einwohner und der Klang der Stimmen und sogar die Gesichtszüge die gleichen; doch die Götter, die unter den Namen und über den Orten thronen, sind wortlos gegangen, und an ihrer Stelle haben sich fremde Götter eingenistet. Unnütz zu fragen, ob sie besser oder schlechter sind als die alten, da es zwischen ihnen keinerlei Beziehung gibt, wie auch die alten Ansichtskarten nicht Maurilia darstellen, wie es war, sondern eine andere Stadt, die zufällig auch Maurilia hieß wie diese.

DIE STÄDTE UND DER WUNSCH

4

Im Zentrum Fedoras, der Metropole aus grauem Stein, steht ein metallener Palast mit einer Glaskugel in jedem Zimmer. In jeder Kugel erblickt man beim Hineinsehen eine blaue Stadt, das Modell für ein anderes Fedora. Es sind Formen, die die Stadt hätte annehmen können, wäre sie nicht aus diesem oder jenem Grunde so geworden, wie wir sie heute sehen. Es gab in jeder Epoche jemanden, der sich beim Anblick des damaligen Fedora vorstellte, wie man aus ihm eine ideale Stadt hätte machen können, doch schon während er sein Miniaturmodell baute, war Fedora nicht mehr das gleiche wie vorher, und was gestern eine mögliche Zukunft gewesen war, das war jetzt nur noch Spielzeug in einer Glaskugel.

Fedora hat heute in dem Palast der Kugeln sein Museum: Jeder Einwohner besucht es, wählt sich die Stadt aus, die seinen Wünschen entspricht, betrachtet sie und stellt sich dabei vor, daß er sich im Medusenteich spiegelt, der die Wasser des Kanals hätte sammeln sollen (wenn man ihn nicht trockengelegt hätte), daß er in Baldachinhöhe durch die Allee zieht, die den (jetzt aus der Stadt verbannten) Elefanten hätte vorbehalten sein sollen, daß er die Spirale des Wendeltreppenminaretts (das kein Fundament mehr fand, auf dem es hätte erstehen können) entlangrutscht.

Auf der Karte deines Imperiums, o großer Khan, müssen ebenso das große Fedora aus Stein wie die kleinen Fedoras in den Glaskugeln Platz finden. Nicht weil sie alle gleich real, sondern weil sie alle nur angenommen sind. Das eine birgt das für notwendig Gehaltene, während es dies noch nicht ist; die anderen das als möglich Erdachte, was es eine Minute später nicht mehr ist.

DIE STÄDTE UND DIE ZEICHEN

3

Der Reisende, der die Stadt noch nicht kennt, die ihn an seinem Weg erwartet, fragt sich, wie wohl das Königsschloß sein wird, die Mühle, das Theater, der Basar. In jeder Stadt des Imperiums ist jedes Gebäude anders und in anderer Weise angelegt; doch kaum erreicht der Fremdling die fremde Stadt und blickt mitten auf diesen Wald von Pagoden und Mansarden und Heuböden, folgt dem Gewirr von Kanälen, Gärten, Müllplätzen, dann merkt er sofort, was die Paläste der Fürsten sind, was die Tempel der Hohenpriester, das Gasthaus, das Gefängnis, das Ganovenviertel. So – sagen viele – bewahrheitet sich die Hypothese, daß jeder in seinem Sinn eine nur aus Unterschieden bestehende Stadt trägt, eine Stadt ohne Figuren und ohne Form, und daß die einzelnen Städte diese anfüllen.

Nicht so in Zoe. An jeder Stelle dieser Stadt könnte man von Mal zu Mal schlafen, Gerätschaften herstellen, kochen, Goldmünzen anhäufen, sich entkleiden, herrschen, verkaufen, Orakel befragen. Jedwedes Giebeldach könnte ebensogut das Spital der Leprakranken wie die Thermen der Odalisken zudecken. Der Reisende geht umher und wieder umher und hat nichts als Zweifel: Es gelingt ihm nicht, die einzelnen Punkte der Stadt zu unterscheiden, und selbst die Punkte, die er in seinem Geiste unterscheidet, geraten ihm durcheinander. Er folgert daraus: Wenn die Existenz in allen ihren Momenten ganz sie selbst ist, so ist die Stadt Zoe der Ort der unteilbaren Existenz. Doch weshalb dann die Stadt? Welche Linie scheidet das Drinnen vom Draußen, das Rattern der Räder vom Geheul der Wölfe?

DIE SUBTILEN STÄDTE

2

Jetzt will ich von der Stadt Zenobia sprechen, die dies Wundersame hat: Obwohl auf trocknem Terrain erbaut, erhebt sie sich auf ganz hohen Pfählen, und die Häuser sind aus Bambus und Zink, mit vielen Söllern und Balkons, in unterschiedlicher Höhe auf einander sich übersteigenden Stelzen errichtet, durch Wendeltreppen und hängende Fußwege verbunden, darüber Aussichtstürme mit konischen Dächern, Fässer für die Wasserversorgung, Windfahnen, überragt von Flaschenzügen, langen Schnüren und Kränen.

Was für ein Bedürfnis oder Gebot oder Begehr die Gründer Zenobias veranlaßt hat, ihrer Stadt diese Gestalt zu geben, ist nicht mehr bekannt, also kann man nicht sagen, ob die Stadt, wie wir sie heute sehen und die auf das erste, nicht mehr entzifferbare Konzept hin vielleicht durch sukzessive Überlagerungen gewachsen ist, dem auch entspricht. Sagt man zu einem Einwohner von Zenobia, er möge beschreiben, wie er sich ein glückliches Leben denkt, so ist jedenfalls sicher, daß er sich immer eine Stadt wie Zenobia vorstellt, mit ihren Pfählen und schwebenden Treppen, ein Zenobia, das vielleicht ganz anders ist, mit flatternden Fahnen und Bändern, doch stets hervorgegangen aus der Kombination von Elementen jenes ersten Modells.

Daher ist es müßig festzustellen, ob Zenobia zu den glücklichen oder den unglücklichen Städten gezählt werden muß. Nicht in diese zwei Arten die Städte einzuteilen ist sinnvoll, sondern in zwei andere: jene, die über Jahre und Veränderungen hinweg den Wünschen stets ihre Gestalt geben, und jene, wo die Wünsche entweder die Stadt auszulöschen vermögen oder von ihr ausgelöscht werden.

DIE STÄDTE UND DER AUSTAUSCH

1

Achtzig Meilen dem Nordwestwind entgegen erreicht der Mensch die Stadt Eufemia, wo die Händler von sieben Nationen bei jeder Sonnenwende und jeder Tagundnachtgleiche zusammenkommen. Die Barke, die dort mit einer Fracht Ingwer und Baumwolle anlegt, wird mit dem Laderaum voller Pistazien und Mohnsamen wieder auslaufen, und die Karawane, die soeben Säcke mit Muskatnüssen und Zibeben abgeladen hat, packt schon wieder ihre Lasten aus Ballen golddurchwirkten Musselins für die Rückreise. Doch das, was einen flußaufwärts ziehen und Wüsten durchwandern läßt, um hierherzugelangen, ist nicht nur der Austausch von Waren, die du in allen Basaren innerhalb und außerhalb des Reiches des Groß-Khans stets von gleicher Art findest, vor deine Füße unordentlich hingeschüttet auf die gleichen gelben Matten im Schatten der gleichen Fliegenvorhänge und angeboten mit den gleichen verlogenen

Preisnachlässen. Nicht nur um zu verkaufen und zu kaufen, kommt man nach Eufemia, sondern auch weil nachts, an den Feuern rings um den Marktplatz auf Säcken oder Fässern hockend oder auf Stapeln von Teppichen liegend, bei jedem Wort, das man sagt – wie »Wolf«, »Schwester«, »verborgener Schatz«, »Kampf«, »Krätze«, »Liebende« –, ein jeder von den andern seine Geschichte von Wölfen, Schwestern, Schätzen, Krätze, Liebenden, Kämpfen erzählt. Und du weißt, wenn man auf der langen Reise, die einem bevorsteht, allen seinen Erinnerungen einer nach der anderen nachsinnt, um beim Schaukeln des Kamels oder der Dschunke wach zu bleiben, daß dann dein Wolf ein anderer Wolf, deine Schwester eine andere Schwester, dein Kampf andere Kämpfe geworden sein werden, zurückkehrend aus Eufemia, der Stadt, wo man bei jeder Sonnenwende und jeder Tagundnachtgleiche seine Erinnerung austauscht.

... Neuankömmling in völliger Unkenntnis der Sprachen des Ostens, konnte sich Marco Polo nicht anders als dadurch ausdrücken, daß er Gegenstände aus seinem Gepäck hervorholte: Trommeln, gesalzenen Fisch, Halsketten aus den Zähnen des Warzenschweins, und daß er mit Gesten, Sprüngen, Ausrufen des Erstaunens oder Schreckens darauf deutete oder daß er das Bellen des Schakals und den Ruf der Schleiereule nachahmte.

Nicht immer wurden dem Kaiser die Verbindungen zwischen dem einen Bestandteil der Erzählung und dem andern klar; die Gegenstände konnten verschiedenes ausdrücken wollen: Ein Köcher voller Pfeile bedeutete einmal einen bevorstehenden Krieg, ein andermal einen reichen Wildbestand oder auch das Geschäft eines Waffenhändlers; ein Stundenglas konnte die vergehende oder vergangene Zeit oder Sand oder eine Werkstatt bedeuten, die Stundengläser herstellte.

Was aber für Kublai jede Tatsache oder Kunde wertvoll machte, die ihm sein wortloser Berichter hinterbrachte, das war der Raum, der rings um sie verblieb, eine nicht mit Worten ausgefüllte Leere. Die Beschreibungen der von Marco Polo besuchten Städte besaßen diese Eigenart: daß man sich in Gedanken darin ergehen, sich in ihnen verlieren, in der Kühle dort verweilen oder auch eilig davonlaufen konnte.

Mit der Zeit nahmen in Marcos Erzählungen die Worte den Platz der Dinge und der Gesten ein: Ausrufe zunächst, einzelne Namen, karge Verben, sodann Satzperioden, verzweigte und verschnörkelte Reden, Metaphern und Gleichnisse.

Der Fremde hatte gelernt, die Sprache des Kaisers zu sprechen, oder der Kaiser, die des Fremden zu verstehen.

Doch man hätte sagen können, daß die Mitteilung zwischen ihnen nicht so glücklich war wie zuvor: Sicherlich dienten Worte besser als Dinge und Gesten, um das Wichtigste aus jeder Provinz und Stadt aufzuzählen: Denkmäler, Märkte, Sitten, Fauna und Flora; doch als Polo zu schildern begann, wie das Leben an jenen Orten wohl war, und dies Tag für Tag und Abend für Abend, da verließen ihn die Worte, und er kam nach und nach wieder auf Gesten, Grimassen, Blicke zurück.

So ließ er bei jeder Stadt den grundsätzlichen, mit genauen Worten formulierenden Meldungen einen stummen Kommentar folgen, hob die Hände mit aufwärtsgewandter Innen- oder Außenfläche oder auch im Profil, mit geraden oder schrägen, hektischen oder ruhigen Bewegungen. Eine neue Art Dialog stellte sich zwischen ihnen her: Des Groß-Khans vollberingte weiße Hände erwiderten mit maßvollen Bewegungen den quirligen und knotigen des Händlers. Mit wachsendem Verstehen zwischen den beiden nahmen ihre Hände ständige Bewegungen an, deren jede in Wechsel und Wiederholung einer Gemütsbewegung entsprach. Und während das Vokabular der Dinge sich mit den Warenmustern erneuerte, zeigte das Repertoire der stummen Kommentare die Tendenz, sich festzufahren und zu erstarren. Auch die

Lust, sich seiner zu bedienen, wurde bei beiden geringer; während ihrer Unterhaltungen verharrten sie zumeist stumm und regungslos.

III

Kublai Khan hatte bemerkt, daß Marco Polos Städte einander ähnlich waren; als wäre der Wechsel von der einen zur anderen nicht durch eine Reise, sondern durch ein Austauschen von Elementen bedingt. Von jeder Stadt, die Marco ihm beschrieb, ging jetzt des Groß-Khans Geist eigene Wege, nahm die Stadt Stück um Stück auseinander und baute sie auf andere Art wieder auf, indem er Bestandteile austauschte, versetzte, umkehrte.

Marco fuhr indessen mit seinem Reisebericht fort, doch der Kaiser hörte nicht mehr zu und unterbrach ihn: »Von nun an werde ich es sein, der die Städte beschreibt, und du wirst feststellen, ob es sie gibt und ob sie so sind, wie ich sie mir ausgedacht habe. Ich beginne damit, daß ich dich nach einer Stadt mit Treppen frage, dem Schirokko ausgesetzt, an einem halbmondförmigen Golf. Und nun einige der Wunder, die sie enthält: ein gläsernes Becken, hoch wie ein Dom, um das Schwimmen und Fliegen der Schwalbenfische zu verfolgen und daraus wahrzusagen; eine Palme, die mit ihren Blättern im Winde Harfe spielt; ein Platz, rings um ihn ein hufeisenförmiger marmorner Tisch mit einem ebenfalls marmornen Tischtuch, und mit marmornen Speisen und Getränken gedeckt.«

»Sire, du warst zerstreut. Von dieser Stadt sprach ich gerade, als du mich unterbrachst.«

»Kennst du sie? Wo ist sie? Wie heißt sie?«

»Sie hat keinen Namen und keinen Ort. Ich wiederhole dir, weshalb ich sie beschrieben habe: Aus der Zahl der vorstellbaren Städte muß man die aus-

schließen, deren Elemente sich ohne einen verbindenden Faden, eine innere Regel, eine Perspektive, eine Rede aneinanderreihen. Mit Städten ist es wie mit Träumen: Alles Vorstellbare kann geträumt werden, doch ist auch der unerwartetste Traum ein Bilderrätsel, das einen Wunsch oder dessen Kehrseite, eine Angst, birgt. Städte wie Träume sind aus Wünschen und Ängsten gebaut, auch wenn der Faden ihrer Rede geheim ist, ihre Regeln absurd, ihre Perspektiven trügerisch sind und ein jedes Ding ein anderes verbirgt.«

»Ich habe weder Wünsche noch Ängste«, erklärte der Khan, »und meine Träume sind vom Verstand oder vom Zufall gefügt.«

»Auch die Städte glauben, ein Werk des Verstands oder des Zufalls zu sein, doch genügen weder der eine noch der andere, damit ihre Mauern stehen bleiben. Bei einer Stadt erfreust du dich nicht der sieben oder siebenzig Wunder, sondern der Antwort, die sie dir auf eine Frage gibt.«

»Oder eine Frage, die sie dir stellt und dich zu antworten zwingt wie Theben durch den Mund der Sphinx.«

DIE STÄDTE UND DER WUNSCH

5

Von dort binnen sechs Tagen und sieben Nächten kommt der Mensch nach Zobeide, einer weißen Stadt, dem Monde wohl zugewandt, mit Straßen, die um sich selber kreisen wie an einem Knäuel. Dies erzählt man über ihre Entstehung: Männer verschiedener Nationen hatten einen gleichen Traum, sie sahen eine Frau nachts durch eine unbekannte Stadt laufen, sie sahen sie von hinten mit langem Haar, und sie war nackt. Sie verfolgten sie im Traum. Beim Hin und Her verlor sie ein jeder. Nach dem Traum begaben sie sich auf die Suche nach jener Stadt; sie fanden sie nicht, doch fanden sie einander; und sie beschlossen, eine Stadt wie im Traum zu bauen. Bei der Anlage der Straßen baute jeder den Verlauf seiner Verfolgung nach; an der Stelle, wo er die Fliehende aus den Augen verloren hatte, setzte er Räume und Mauern anders als im Traum, damit sie ihm nicht mehr davonlaufen könne.

Dies ward die Stadt Zobeide, in der sie sich niederließen und warteten, daß sich eines Nachts die Szene wiederholen würde. Keiner von ihnen, weder träumend noch wachend, sah die Frau jemals wieder. Die Straßen der Stadt waren die, auf denen sie tagtäglich zur Arbeit gingen, ohne noch irgendeine Beziehung zu der geträumten Verfolgung. Die im übrigen schon lange vergessen war.

Neue Männer kamen aus anderen Ländern, denn sie hatten einen Traum wie jene gehabt, und sie erkannten in der Stadt Zobeide irgend etwas von den Straßen des Traums wieder und versetzten Laubengänge und Treppen an andere Stellen, damit Ähnlichkeit sei mit dem Weg der verfolgten Frau und damit ihr dort, wo sie verschwunden, kein Fluchtweg mehr bleibe.

Die zuerst Angekommenen begriffen nicht, was diese Leute nach Zobeide zog, in diese häßliche Stadt, in diese Falle.

DIE STÄDTE UND DIE ZEICHEN

4

Von allen Sprachwechseln, denen der Reisende in fernen Ländern begegnen muß, gleicht keiner dem, der ihn in der Stadt Ipazia erwartet, denn er betrifft nicht die Worte, sondern die Dinge. Ich kam eines Morgens nach Ipazia, ein Garten mit Magnolien spiegelte sich in blauen Lagunen, ich wandelte zwischen den Sträuchern und war sicher, schöne junge Damen beim Bade zu entdecken; doch auf dem Grund des Wassers kniffen Krebse in die Augen von Selbstmörderinnen, die einen Stein um den Hals und das Haar grün von Algen hatten.

Ich fühlte mich hintergangen und wollte vom Sultan Gerechtigkeit erheischen. Ich stieg die Porphyrtreppen des Palastes mit den höchsten Kuppeln hinan, durchschritt sechs Höfe aus Majolika mit Springbrunnen darinnen.

Der Mittelsaal war durch Eisengitter versperrt: Sträflinge mit schwarzen Ketten am Fuß wuchteten

Basaltblöcke aus einem Steinbruch, der sich unter der Erde auftat.

Mir blieb nur noch, die Philosophen zu befragen. Ich begab mich in die große Bibliothek, verlor mich zwischen Regalen, die sich unter Pergamentbänden bogen, ging der alphabetischen Reihenfolge vergangener Alphabete nach, durch Korridore, über Treppchen und Brücken hinauf und hinunter. Im abgelegensten Kabinett der Papyri erschienen mir in einer Wolke von Rauch die verblödeten Augen eines Jünglings, der auf einer Matte lag und die Lippen nicht von einer Opiumpfeife ließ.

»Wo ist der Weise?« Der Raucher deutete zum Fenster hinaus. Es war ein Garten mit kindlichen Spielen: Kegeln, Schaukel, Kreisel. Der Philosoph saß auf der Wiese. Er sprach: »Die Zeichen bilden eine Sprache, doch nicht die, die du zu kennen glaubst.« Ich begriff, daß ich mich von den Bildern trennen mußte, die mir bis dahin die gesuchten Dinge verkündet hatten; dann erst würde es mir gelingen, die Sprache von Ipazia zu verstehen.

Jetzt brauche ich nur Pferdewiehern und Peitschenknallen zu hören, und schon ergreift mich ein Liebesbangen: In Ipazia mußt du in die Ställe und Reitbahnen hineingehen, um die schönen Frauen zu sehen, die mit nackten Schenkeln und mit Stiefeln an den Waden in den Sattel steigen, und sobald ein junger Fremder in die Nähe kommt, werfen sie ihn auf Heu- oder Sägemehlhaufen und bedrängen ihn mit festen Brustwarzen.

Und wenn mein Geist keine andere Nahrung und

Anregung als Musik verlangt, so weiß ich, daß man sie auf den Friedhöfen suchen muß: Die Spieler verstecken sich in den Gräbern; von der einen Grube zur anderen respondieren Flötentriller, Harfenakkorde.

Sicherlich kommt auch in Ipazia der Tag, da ich nur noch den Wunsch haben werde abzureisen. Ich weiß, daß ich nicht zum Hafen hinunter, sondern zur höchsten Felszacke hinauf werde gehen müssen, um zu warten, bis ein Schiff dort daherkommt. Doch wird es je daherkommen? Es gibt keine Sprache ohne Täuschung.

DIE SUBTILEN STÄDTE

3

Ob Armilla so ist, weil unvollendet oder weil zerstört, ob sich ein Zauber oder nur eine Laune dahinter verbirgt, ich weiß es nicht. Tatsache ist, daß es weder Wände noch Decken noch Fußböden hat: Es hat nichts, was es als Stadt erscheinen ließe, mit Ausnahme der Wasserleitungen, die senkrecht aufsteigen, wo die Häuser stehen müßten, und sich verzweigen, wo die Stockwerke sein müßten: ein Wald von Leitungen, die in Hähnen, Duschen, Siphons, Gullys enden. Weiß leuchten gegen den Himmel ein paar Waschbecken oder Badewannen oder anderes Steingut wie spätreife Früchte, die noch an den Zweigen hängen. Man könnte sagen, die Klempner hätten ihre Arbeit beendet und seien weggegangen, noch ehe die Maurer kamen; oder ihre Einrichtungen hätten, weil unzerstörbar, eine Katastrophe, Erdbeben oder Termitenfraß, überdauert.

Verlassen, bevor oder nachdem es bewohnt war,

kann Armilla doch nicht als unbewohnt bezeichnet werden. Blickt man, zu welcher Stunde auch immer, zwischen den Wasserleitungen hinauf, so entdeckt man nicht selten eine oder viele junge, schlanke, nicht große Frauen, die sich in den Badewannen rekeln, unter den in der Luft hängenden Duschen strecken, die Waschungen machen oder sich trocknen oder parfümieren oder ihr langes Haar vor dem Spiegel kämmen. In der Sonne gleißen die von den Duschen versprühten Wasserstrahlen, die Güsse aus den Hähnen, die Sprudel, die Spritzer, der Schaum von den Schwämmen.

Die Erklärung, zu der ich gekommen bin, lautet: Über die Wasserläufe, die in die Rohre Armillas geleitet wurden, sind Nymphen und Najaden Herrinnen geblieben. Gewohnt, die unterirdischen Wasseradern hinaufzuschwimmen, war es für sie ein leichtes, in das neue aquatische Reich zu gelangen, aus vermehrten Quellen hervorzukommen, neue Spiegel, neue Spiele, neue Wasserfreuden zu entdekken. Es kann sein, daß ihre Invasion die Menschen vertrieben hat, und es kann sein, daß Armilla von den Menschen als Votivgabe errichtet wurde, um sich die ob der Manipulation der Wasser beleidigten Nymphen gewogen zu machen. Immerhin scheinen sie jetzt froh zu sein, diese Frauchen: Morgens hört man sie singen.

DIE STÄDTE UND DER AUSTAUSCH

2

In Cloe, einer großen Stadt, kennen die Menschen, die auf den Straßen gehen, einander nicht. Wenn sie sich sehen, stellen sie sich, der eine vom andern, tausend Dinge vor, Begegnungen, die es zwischen ihnen geben könnte, Unterhaltungen, Überraschungen, Liebkosungen, Bisse. Doch niemand grüßt jemanden, die Blicke kreuzen sich eine Sekunde lang und fliehen sich dann, suchen andere Blicke, verweilen nicht.

Ein Mädchen kommt vorbei und läßt den an die Schulter gelegten Sonnenschirm kreisen und ebenso ein wenig das Rund ihrer Hüften. Eine schwarzgekleidete Frau kommt vorbei, die alle ihre Jahre zeigt, mit unruhigen Augen unter dem Schleier und bebenden Lippen. Ein tätowierter Riese kommt vorbei; ein junger Mann mit weißem Haar; eine Zwergin; zwei Zwillingsmädchen, korallenfarben gekleidet. Irgend etwas läuft zwischen ihnen hin und her, ein Wechsel von Blicken, wie Linien, die eine Gestalt mit der anderen verbinden und Pfeile, Sterne, Dreiecke zeichnen, bis alle Kombinationen auf einen Schlag erschöpft sind, und andere Personen erscheinen auf der Szene: ein Blinder mit einem Geparden an der Kette, eine Kurtisane mit dem Fächer aus Straußenfedern, ein Ephebe, eine Frau mit üppigen Ausmaßen. So begeben sich zwischen denen, die einander zufällig in einem Laubengang treffen, um sich vorm Regen zu schützen, oder die sich unterm Sonnendach eines Basars drängen oder die stehenbleiben, um dem Platzkonzert zuzuhören, Begegnungen, Verführungen, Liebesumarmungen, Orgien, ohne daß man ein Wort miteinander wechselt, ohne daß man sich mit einem Finger berührt, fast ohne einen Augenaufschlag.

Ein wollüstiges Beben durchläuft fortwährend Cloe, keuscheste der Städte. Fingen Männer und Frauen an, ihre flüchtigen Träume zu leben, dann würde jedes Trugbild eine Person werden, mit der eine Geschichte aus Verfolgungen, Täuschungen, Mißverständnissen, Zusammenstößen, Unterdrükkungen zu beginnen sei, und das Karussell der Phantasien würde zum Stillstand kommen.

DIE STÄDTE UND DIE AUGEN

1

Die Alten bauten Valdrada an die Ufer eines Sees, mit Häusern, ganz Veranda, eins über dem andern, und Hochstraßen, deren Balustraden auf das Wasser gehen. So sieht der Reisende, wenn er ankommt, zwei Städte: eine aufrechte über dem See und eine reflektierte umgekehrte. Kein Ding ist oder geschieht in dem einen Valdrada, das sich nicht im andern wiederholte, denn die Stadt wurde so angelegt, daß sich jeder ihrer Punkte in ihrem Spiegel reflektiert, und das Valdrada unten im Wasser birgt nicht nur alle Auskehlungen und Vorsprünge der Fassaden, die sich über dem See erheben, sondern auch das Zimmerinnere mit Decken und Fußböden, die Perspektive der Dielen, die Spiegel an den Schränken.

Die Einwohner von Valdrada wissen, daß alle ihre Handlungen die Handlung und ihr Spiegelbild zugleich sind, dem die besondere Würde der Bilder angehört, und dieses Bewußtsein verbietet ihnen, sich auch nur einen einzigen Augenblick dem Zufall oder dem Vergessen hinzugeben. Selbst wenn die Liebenden Haut an Haut ihren nackten Körpern eine Wendung geben, um einer vom andern mehr Lust zu erhalten, selbst wenn die Mörder ihr Messer in die schwarzen Halsvenen stoßen, und je mehr dickes Blut hervorquillt, die an den Sehnen vorbeirutschende Schneide nur um so tiefer hineinversenken, dann ist nicht so sehr ihr Vereinigen oder ihr Töten von Bedeutung, sondern das Vereinigen und das Töten ihrer klaren und kalten Ebenbilder in dem Spiegel.

Der Spiegel vermehrt einmal und negiert einmal die Bedeutung der Dinge. Nicht alles, was über dem Spiegel Bedeutung zu haben scheint, hat Bestand, wenn es gespiegelt ist. Die beiden Zwillingsstädte sind sich nicht gleich, weil nichts von dem, was in Valdrada ist oder geschieht, symmetrisch ist: Jedem Gesicht und jeder Geste antworten aus dem Spiegel ein Gesicht oder eine Geste, die Punkt für Punkt umgekehrt sind. Beide Valdradas leben das eine für das andere, sehen sich dauernd in die Augen, doch sie lieben sich nicht.

Der Groß-Khan hat von einer Stadt geträumt und beschreibt sie Marco Polo: »Der Hafen ist nach Norden in den Schatten gerichtet. Die Molen stehen hoch über dem schwarzen Wasser, das an die Dämme schlägt; glitschige, algenbewachsene Steintreppen führen hinab. Teergestrichene Boote warten an der Anlegestelle auf die Fahrgäste, die sich noch an der Pier aufhalten, um ihren Angehörigen adieu zu sagen. Der Abschied erfolgt stumm, doch unter Tränen. Es ist kalt; alle tragen Schals auf dem Kopf. Ein Zuruf des Schiffers macht dem Verweilen eine Ende; der Reisende kauert sich in den Bug, blickt, sich entfernend, auf das Häuflein der Zurückgebliebenen; vom Ufer aus unterscheidet man schon nicht mehr die Gesichter; es ist diesig; das Boot macht an einem verankerten Schiff fest; eine verkleinerte Gestalt steigt die Schiffstreppe hinauf; verschwindet; man hört das Einholen der rostigen Ankerkette, die an der Klüse knirscht. Die Dagebliebenen steigen auf die Brustwehr der Mole, um das Schiff mit den Augen zu verfolgen, bis es das Kap umfährt; sie winken ein letztes Mal mit einem weißen Tuch. Geh auf die Reise, such alle Küsten ab und finde diese Stadt«, sagt der Khan zu Marco. »Dann komm wieder und berichte, ob mein Traum der Wahrheit entspricht.«

»Verzeih mir, Herr: Es gibt keinen Zweifel, daß ich über kurz oder lang von jener Mole aus in See gehen werde«, sagt Marco, »doch werde ich nicht zurückkommen, um dir zu berichten. Die Stadt gibt es, und sie hat ein einfaches Geheimnis: Sie kennt nur eine Abfahrt, keine Wiederkehr.«

IV

Die Lippen an das Bernsteinmundstück der Pfeife gepreßt, den Bart an die amethystene Halskette gedrückt, die Zehen in den seidenen Pantoffeln nervös aufgebogen, hörte Kublai Khan Marco Polos Berichte, ohne mit der Wimper zu zucken. Es waren die Abende, da ein hypochondrischer Schleier über seinem Herzen lag.

»Deine Städte existieren nicht. Vielleicht haben sie nie existiert. Jedenfalls werden sie nicht mehr existieren. Warum verschwendest du deine Zeit an tröstliche Märchen? Ich weiß wohl, daß mein Imperium dahinfault wie eine Leiche im Sumpf, die mit ihrer Ansteckung die Raben verseucht, die auf ihr herumhacken, wie auch den Bambus, der, gedüngt mit ihrer üblen Flüssigkeit, heranwächst. Warum sagst du mir davon nichts? Warum belügst du den Kaiser der Tataren, Fremdling?«

Polo verstand es, auf die finstere Stimmung des Herrschers einzugehen. »Ja, das Reich ist krank, und, schlimmer noch, es will sich an seine Schwären gewöhnen. Sinn meiner Erkundungen ist: Indem ich die noch erkennbaren Spuren von Glück aufmerksam betrachte, ermesse ich dessen Fehlen. Willst du wissen, wieviel Dunkel du um dich hast, mußt du angestrengt auf die matten Lichter in der Ferne sehen.«

Zuweilen hatte der Kaiser auch Anfälle von Euphorie. Er erhob sich von seinen Kissen, ging mit langen Schritten über die auf die Beete unter seinen Füßen gebreiteten Teppiche, trat an die Balustraden der Terrassen, um mit glänzenden Augen die aus-

gedehnten Gärten des Königssitzes zu überblicken, die hell waren von den an den Zedern hängenden Laternen.

»Doch weiß ich«, sagte er, »daß mein Reich aus dem Material der Kristalle besteht und seine Moleküle nach einem genauen Bauplan zusammenfügt. Mitten in den kochenden Elementen bildet sich ein strahlender, äußerst harter Diamant heraus, ein riesiger facettierter, durchscheinender Berg. Warum beschränken sich deine Reiseeindrücke auf die enttäuschenden Äußerlichkeiten und erfassen nicht diesen unaufhaltsamen Prozeß? Warum beharrst du in unwesentlichen Melancholien? Warum verbirgst du dem Kaiser die Größe seines Schicksals?«

Und Marco: »Während auf deinen Wink hin, Sire, die eine und letzte Stadt ihre makellosen Mauern erhebt, sammle ich die Asche der anderen möglichen Städte, die vergehen, um ihr Platz zu machen, und nicht wieder errichtet werden noch in der Erinnerung bleiben können. Nur wenn du den Rest von Unglück kennst, das kein Edelstein aufzuwiegen vermag, kannst du die genaue Anzahl von Karaten abwägen, die der Diamant zum Ende erstreben soll, und wirst nicht von Anfang an dein Projekt falsch berechnen.«

DIE STÄDTE UND DIE ZEICHEN

5

Keiner weiß besser als du, weiser Kublai, daß man die Stadt niemals mit der Rede verwechseln darf, die sie beschreibt. Und doch gibt es zwischen der einen und der anderen eine Beziehung. Wenn ich dir Olivia beschreibe, eine Stadt, reich an Produkten und Gewinnen, habe ich keine andere Möglichkeit zur Erläuterung ihres Wohlstands, als von den Filigranpalästen zu sprechen mit den befransten Kissen auf den Simsen der zweibogigen Fenster; hinter dem Gitter eines Patio netzt ein Kranz von Wasserstrahlen einen Rasen, auf dem ein weißer Pfau sein Rad schlägt. Aber aus dieser Rede verstehst du sogleich, daß Olivia in eine Wolke von Ruß und Schmiere gehüllt ist, die sich an die Hauswände klebt; daß im Straßengedränge die rangierenden Lastzüge die Fußgänger an die Mauern quetschen. Wenn ich dir von der Arbeitsamkeit seiner Bewohner reden soll, spreche ich von Sattlerwerkstätten, die nach Leder riechen, von plappernden Frauen, die Bastteppiche knüpfen, von hängenden Kanälen, deren Wasserstürze Mühlklappern bewegen; aber das Bild, das diese Worte in deinem erleuchteten Geist hervorrufen, ist die Geste, die das Werkstück an die Zähne der Fräse führt, Tausende von Malen von Tausenden von Händen wiederholt in der für die Arbeitsschichten festgesetzten Zeit. Wenn ich dir erläutern soll, auf welche Weise der Geist von Olivia einem freien Leben und einer überfeinerten Kultur zustrebt, dann spreche ich von Damen, die des Nachts singend auf festlich erleuchteten Booten zwischen den Ufern einer grünen Flußmündung einherfahren; doch nur, um dir in Erinnerung zu bringen, daß in den Vorstädten, wo Abend für Abend Männer und Frauen in Reihen wie Schlafwandler aussteigen, immer einer ist, der im Dunkeln plötzlich auflacht, den Anstoß zu Scherzworten und beißendem Spott gibt.

Dies weißt du vielleicht nicht: daß ich anderes nicht sagen könnte, um von Olivia zu sprechen. Gäbe es ein Olivia wirklich mit Doppelbögen und Pfauen, Sattlern und Teppichknüpfern und Booten und Flußmündungen, so wäre es ein elendes Loch, schwarz von Fliegen, und ich müßte zu seiner Beschreibung zurückgreifen auf die Metaphern von Ruß, kreischenden Rädern, wiederholten Bewegungen, beißendem Spott. Die Lüge ist nicht in der Rede, sie ist in den Dingen.

DIE SUBTILEN STÄDTE

4

Die Stadt Sofronia ist aus zwei halben Städten zusammengesetzt. In der einen befinden sich die große Achterbahn mit den Steilkuppen, das fliegende Karussell, das Riesenrad, die Todesbahn mit den Motorradfahrern kopfüber, die Zirkuskuppel mit dem Trapezgehänge in der Mitte. Die andere halbe Stadt ist aus Stein und Marmor und Zement, mit der Bank, den Werkhallen, den großen Häusern, dem Schlachthof, der Schule und allem übrigen. Die eine der halben Städte steht fest, die andere ist provisorisch, und wenn ihr Aufenthalt vorüber ist, nagelt man sie ab, montiert sie ab und schafft sie fort, um sie auf dem freien Gelände einer anderen halben Stadt wiederaufzubauen.

So kommt jedes Jahr der Tag, da Hilfsarbeiter die Marmorverkleidungen abnehmen, die Steinmauern, die Zementpfeiler umlegen, das Ministerium, das Denkmal, die Docks, die Ölraffinerie, das Krankenhaus abmontieren und auf Tieflader verfrachten, um damit auf dem jährlichen Weg von Ort zu Ort zu ziehen. Zurück bleibt das halbe Sofronia der Schießbuden und der Karussells, in der Luft der Schrei aus dem steil heruntersausenden Schiffchen der Achterbahn, und zählt nun, wie viele Monate, wie viele Tage es noch warten muß, bis die Karawane zurückkommt und das ganze Leben wieder beginnt.

DIE STÄDTE UND DER AUSTAUSCH

3

Angelangt in dem Gebiet, das Eutropia zur Hauptstadt hat, sieht der Reisende nicht eine, sondern viele Städte von gleicher Größe und einander nicht unähnlich über eine weite, gewellte Hochebene verstreut. Eutropia ist nicht die eine, sondern alle diese Städte zusammen; bewohnt ist nur eine, die anderen sind leer; und dies geschieht reihum. Ich will sagen, wie. An dem Tag, da sich die Bewohner Eutropias vom Überdruß gepackt fühlen und keiner mehr seinen Beruf, seine Verwandtschaft, sein Haus und sein Leben, seine Schulden, die Leute, die er zu grüßen hat oder von denen er gegrüßt wird, ausstehen kann, beschließt die ganze Einwohnerschaft, in die Nachbarstadt überzusiedeln, die sie da drüben erwartet, leer und wie neu, wo jeder einen andern Beruf, eine andere Frau haben wird, eine andere Aussicht sehen wird, wenn er das Fenster aufmacht, die Abende mit anderm Zeitvertreib, anderen Freundschaften, anderm Klatsch zubringen wird. So erneuert sich ihr Leben von Umzug zu Umzug reihum in Städte, von denen eine jede wegen der Lage oder des Gefälles oder der Wasserläufe oder der Winde sich in einigem von den anderen unterscheidet. Da ihre Gesellschaftsordnung keine großen Unterschiede an Reichtum und Autorität kennt, erfolgen die Veränderungen von einer Funktion zur anderen fast ohne Erschütterungen; die Abwechslung ist durch die vielfältigen Aufgaben gesichert, so daß einer im Laufe seines Lebens nur selten zu einem Beruf zurückkommt, der einmal der seine gewesen war.

Indem sich die Stadt so auf ihrem leeren Schachbrett hin und her bewegt, wiederholt sie ihr gleiches Leben. Ihre Einwohner spielen wieder die gleichen Szenen mit ausgewechselten Akteuren; rezitieren wieder die gleichen Bonmots mit anders gesetzten Akzenten; öffnen jeweils andere Münder zu gleichem Gähnen. Als einzige unter allen Städten des Imperiums bleibt Eutropia sich selber gleich. Merkur, der Gott der Unbeständigen, dem diese Stadt geweiht ist, tat dieses zwiespältige Wunder.

DIE STÄDTE UND DIE AUGEN

2

Die Stimmung dessen, der sie ansieht, ist es, die der Stadt Zemrude ihre Gestalt gibt. Gehst du pfeifend hindurch, die Nase in der Luft hinter dem Pfiff, lernst du sie von unten nach oben kennen: Fenstersimse, wehende Vorhänge, Springbrunnen. Gehst du hindurch mit dem Kinn auf der Brust, die Fingernägel in die Handflächen gegraben, verfangen sich deine Blicke den Boden entlang an Rinnsteinen, Gullys, Fischgräten, Papierabfällen. Du kannst nicht behaupten, daß ein Aspekt Zemrudes wahrer sei als der andere, doch von dem Zemrude nach oben hörst du vor allem den sprechen, der sich, in das Zemrude von unten versinkend, daran erinnert, wenn er Tag für Tag dieselben Straßenabschnitte durchläuft und morgens die üble Laune vom Vortag zu Füßen der Wände verkrustet wiederfindet. Für alle kommt früher oder später der Tag, an dem wir den Blick die Dachrinnen hinuntergleiten lassen und ihn nicht mehr vom Straßenpflaster lösen können. Der umgekehrte Fall ist nicht ausgeschlossen, aber seltener; darum gehen wir weiter durch die Straßen Zemrudes mit Augen, die nun unter Kellern, Fundamenten, Schächten graben.

DIE STÄDTE UND DER NAME

1

Wenig anderes könnte ich dir von Aglaura sagen als das, was ihre eigenen Einwohner seit eh und je immer wieder sagen: eine Reihe sprichwörtlicher Tugenden, ebenso viele sprichwörtliche Untugenden, ein paar Absonderlichkeiten, einige Übertriebenheiten in der starren Anwendung von Vorschriften. Antike Beobachter, deren Zuverlässigkeit zu bezweifeln kein Anlaß ist, schrieben Aglaura einen andauernden Bestand von Tugenden zu, gewiß indem sie diese mit denen anderer Städte ihrer Zeit verglichen. Weder das Aglaura vom Sagen noch das Aglaura vom Sehen hat sich vielleicht seit damals viel geändert, doch was exzentrisch gewesen ist, das ist gewohnt geworden, zur Absonderlichkeit das, was als Norm galt, und Tugenden und Untugenden haben in einem Gesamtbild anders verteilter Tugenden und Untugenden Vorzüglichkeit oder Abscheulichkeit verloren. In diesem Sinne ist nichts von dem wahr, was man über

Aglaura sagt, und doch gewinnt man daraus ein festes und in sich geschlossenes Bild der Stadt, während die vereinzelten Urteile, die man sich über sie machen kann, wenn man darin lebt, nur eine mindere Konsistenz erlangen. Das Resultat sieht so aus: Die Stadt vom Hörensagen besitzt vieles von dem, was zur Existenz gebraucht wird, während die Stadt, die an ihrer Stelle existiert, nur minder existiert.

Wollte ich dir also Aglaura auf das hin beschreiben, was ich selbst gesehen und erlebt habe, dann müßte ich dir sagen, daß es eine farblose Stadt ohne Charakter ist und einfach so dahingestellt. Doch auch das würde nicht stimmen: Zu gewissen Stunden und in gewissen Straßenabschnitten siehst du, wie sich vor dir die Vermutung auftut zu etwas Unverwechselbarem, Seltenem, vielleicht Großartigem; du möchtest sagen, was es ist, doch all das, was bisher über Aglaura gesagt wurde, hält die Worte gefangen und zwingt dich, wiederzusagen statt zu sagen.

Darum glauben die Einwohner immer, ein Aglaura zu bewohnen, das nur auf dem Namen Aglaura wächst, und merken gar nicht, daß Aglaura auf der Erde wächst. Und auch mir, der ich im Gedächtnis die beiden Städte auseinanderhalten möchte, bleibt nichts anderes übrig, als zu dir von der einen zu sprechen, weil sich die Erinnerung an die andere mangels Worten, sie zu verfestigen, verflüchtigt hat.

»Von nun an werde ich die Städte beschreiben«, hatte der Khan gesagt. »Du wirst bei deinen Reisen feststellen, ob es sie gibt.«

Aber die von Marco Polo besuchten Städte waren stets anders als die vom Kaiser erdachten.

»Und doch habe ich in meinem Geiste ein Stadtmodell konstruiert, von dem sämtliche möglichen Städte abzuleiten sind«, sagte Kublai. »Dieses enthält alles, was der Regel entspricht. Da die existenten Städte sich in unterschiedlichem Maße von der Regel entfernen, brauche ich nur die Ausnahmen von der Regel in Betracht zu ziehen und die wahrscheinlichsten Kombinationen zu errechnen.«

»Auch ich habe mir das Modell einer Stadt ausgedacht, von dem ich alle anderen ableite«, erwiderte Marco. »Es ist eine Stadt, die nur aus Ausnahmen, Ausschließungen, Gegensätzlichkeiten, Widersinnigkeiten besteht. Wenn eine solche Stadt das Unwahrscheinlichste ist, was es gibt, so erhöhen sich bei zahlenmäßiger Verringerung der abnormen Elemente die Wahrscheinlichkeiten, daß die Stadt wirklich besteht. Ich brauche also bei meinem Modell nur Ausnahmen zu subtrahieren und habe dann, gleichgültig, nach welcher Reihenfolge ich vorgehe, eine von den Städten vor mir, die, wenn auch stets als Ausnahmeerscheinung, existieren. Doch kann ich mein Unterfangen nicht über eine bestimmte Grenze vorantreiben: Ich würde Städte erhalten, die zu wahrscheinlich sind, um wahr zu sein.«

V

Von der hohen Balustrade seines Palastes sieht der Groß-Khan das Wachsen des Imperiums. Zunächst war es die Grenzlinie, die sich erweiterte und die eroberten Gebiete einbezogen hatte, aber dann trafen die vorrückenden Regimenter auf halbverödete Landstriche, elende Hüttendörfer, Sümpfe, wo der Reis schlecht wuchs, schwache Bevölkerungen, ausgetrocknete Flußläufe, Röhricht. Es ist an der Zeit, daß mein Reich, das schon allzusehr nach außen gewachsen ist, dachte der Khan, nun nach innen wächst. Und er träumte von Wäldern reifer Granatäpfel, die ihre Schale platzen lassen, von Zebus, die fettträufelnd am Spieße gebraten werden, von Goldadern, die in Naturbrüchen glitzernd vorkommen.

Nun haben viele reiche Ernten die Getreidelager gefüllt. Die vollen Flüsse haben ganze Wälder an Balken herangeschwemmt, um die Bronzedächer von Tempeln und Palästen zu tragen. Sklavenkarawanen haben Berge von Serpentinmarmor über den Kontinent versetzt. Der Groß-Khan betrachtet ein Imperium, bedeckt von Städten, die auf Erde und Menschen lasten, ein Imperium, voll von Reichtümern und von Stauungen, übervoll von Zierat und Obliegenheiten, durch Mechanismen und Hierarchien kompliziert gemacht, aufgebläht, angespannt, stickig.

Sein eigenes Gewicht erdrückt das Imperium, denkt Kublai, und in seinen Träumen erscheinen nun Städte, leicht wie Papierdrachen, Städte, durchbrochen wie Spitzen, Städte, durchscheinend wie Moskitonetze, Städte, ganz Blattäderung, Städte, ganz

Linien einer Hand, Städte, ganz Filigran, durch deren schattige, fiktive Dichte man hindurchsehen kann.

»Ich will dir erzählen, was ich heute nacht geträumt habe«, sagt er zu Marco. »Mitten auf einer flachen gelben, von Meteoriten und erratischen Blöcken überstreuten Ebene sah ich von weit her die Zinnen einer Stadt mit spitzen Türmen, die so beschaffen waren, daß sich der Mond bei seiner Wanderung einmal auf diesem, einmal auf jenem niederlassen oder auch an die Seile der Kräne hängen und schaukeln könne.«

Und Polo: »Die Stadt, von der du träumtest, ist Lalage. Diese Einladungen zum Verweilen unter nächtlichem Himmel bereiteten seine Einwohner, damit der Mond allem und jedem in der Stadt gewähre, zu wachsen und wiederzuwachsen ohne Ende.«

»Da ist noch etwas, was du nicht weißt«, fügte der Khan hinzu. »Aus Dankbarkeit verlieh der Mond der Stadt Lalage ein weit selteneres Privileg: in Leichtigkeit zu wachsen.«

DIE SUBTILEN STÄDTE

5

Wollt Ihr mir glauben, gut. Jetzt will ich Euch sagen, wie Ottavia beschaffen ist, die Spinnennetz-Stadt. Da ist ein Abgrund zwischen zwei abschüssigen Bergen: Die Stadt liegt über der Leere, ist mit Tauen und Ketten und Stegen an den beiden Bergrücken festgemacht. Man läuft über die Holzplanken und gibt acht, daß man den Fuß nicht in die Zwischenräume setzt, oder man hält sich an den hanfenen Netzmaschen fest. Unten ist Hunderte und Hunderte von Metern nichts: Ein paar Wolken ziehen dahin; noch weiter unten kann man den Boden der Schlucht erkennen.

Die Grundlage der Stadt: ein Netz, das als Passage und Halt dient. Alles andere steht nicht oben, sondern hängt unten: Strickleitern, Hängematten, Häuser in Sackform, Kleiderbügel, Terrassen wie Schiffchen, Wasserschläuche, Gashähne, Bratenwender, an Schnüren hängende Körbe, Lastenaufzüge, Duschen,

Trapeze und Ringe zum Spielen, Drahtseilbahnen, Lüster, Töpfe mit Hängepflanzen.

Über dem Abgrund schwebend ist das Leben der Einwohner Ottavias weniger unsicher als in anderen Städten. Sie wissen, daß ihr Netz nicht mehr als ein Bestimmtes trägt.

DIE STÄDTE UND DER AUSTAUSCH

4

Um die Zusammenhänge festzulegen, die das Leben der Stadt regeln, spannen die Einwohner von Ersilia Schnüre von Hauskante zu Hauskante, weiße oder schwarze oder weiß-schwarze, je nachdem, ob sie Beziehungen von Verwandtschaft, Warenverkehr, Autorität oder Vertretung bezeichnen. Sind es dann so viele Schnüre, daß man nicht mehr durchkommt, gehen die Einwohner fort: Die Häuser werden abgebaut; es bleiben nur die Schnüre und die Halterungen der Schnüre.

Von eines Berges Höhe, wo die Flüchtlinge aus Ersilia mit ihrem Hausrat kampieren, blicken sie auf das Gewirr von gespannten Schnüren und Stangen, das sich in der Ebene erhebt. Das ist noch die Stadt Ersilia, und sie sind nichts.

Sie bauen Ersilia anderswo von neuem auf. Flechten mit den Schnüren ein ähnliches Gebilde, das sie noch komplizierter und zugleich noch regelmäßiger möchten als das andere. Dann lassen sie es zurück und bringen sich selbst und die Häuser noch weiter weg.

Wenn du also das Gebiet von Ersilia bereist, triffst du auf die Ruinen der verlassenen Städte, ohne die Mauern, die keinen Bestand haben, ohne die Gebeine der Toten, die der Wind fortrollt: Spinnweben verworrener Beziehungen, die nach einer Form suchen.

DIE STÄDTE UND DIE AUGEN

3

Nach sieben Tagen Fußmarsch durch ausgedehnte Wälder kann einer, der nach Bauci geht, es nicht sehen und ist schon da. Die dünnen Stelzen, die sich in großen Abständen von der Erde erheben und über den Wolken verlieren, tragen die Stadt. Man gelangt mit Leitern hinauf.

Auf der Erde erscheinen die Einwohner selten: Sie haben schon alles Notwendige oben und kommen lieber nicht herunter. Nichts von der Stadt berührt den Boden, ausgenommen diese langen Flamingobeine, auf denen sie ruht, und an hellen Tagen ein durchbrochener eckiger Schatten, der sich auf dem Blätterwerk abzeichnet.

Drei Hypothesen stellt man über die Einwohner von Bauci auf: daß sie die Erde hassen; daß sie einen solchen Respekt vor ihr haben, jede Berührung zu meiden; daß sie sie lieben, wie sie vor ihnen gewesen, und nicht müde werden, sie mit abwärts gerichteten

Ferngläsern und Teleskopen Blatt um Blatt, Stein um Stein, Ameise um Ameise zu mustern, und fasziniert ihre eigene Abwesenheit betrachten.

DIE STÄDTE UND DER NAME

2

Zwei Arten von Göttern beschützen die Stadt Leandra. Die einen wie die andern sind so klein, daß man sie nicht sehen, und so zahlreich, daß man sie nicht zählen kann. Die einen sind innen an den Haustüren, in der Nähe der Kleiderablage und der Schirmständer; bei Umzügen folgen sie den Familien und nehmen mit der Schlüsselübergabe in den neuen Wohnungen Quartier. Die andern sind in der Küche, verstecken sich mit Vorliebe unter den Töpfen oder im Rauchfang oder in der Besenkammer: Sie gehören zum Haus, und wenn die Familie, die hier wohnt, auszieht, bleiben sie bei den neuen Mietern; vielleicht waren sie auch schon da, als das Haus noch gar nicht stand, zwischen dem Unkraut des Baugeländes, versteckt in einer verrosteten Büchse; wird das Haus abgerissen und an seiner Stelle eine Mietskaserne für fünfzig Familien errichtet, so findet man sie in den Küchen ebenso vieler Wohnungen vermehrt wieder. Um sie auseinanderzuhalten, wollen wir die einen Penaten und die anderen Laren nennen.

Es ist nicht gesagt, daß in einer Wohnung die Laren immer mit den Laren und die Penaten immer mit den Penaten zusammen sind: Sie besuchen sich, spazieren miteinander auf den Stuckleisten, auf den Heizungsrohren, kommentieren die Familienbelange, es kommt leicht zu einem Streit, aber sie können sich auch jahrelang gut verstehen; wenn man sie alle in einer Reihe sieht, kann man nicht unterscheiden, wer die einen und wer die andern sind. Die Laren haben in ihren vier Wänden Penaten verschiedenster Herkunft und unterschiedlicher Gewohnheiten ein- und ausgehen sehen; die Penaten müssen sich mit Ellbogen ihren Platz erkämpfen zwischen den gar so würdevollen Laren angesehener, verfallener Paläste und den reizbaren und mißtrauischen Laren der Wellblechhütten.

Leandras wahres Wesen ist Diskussionsgegenstand ohne Ende. Die Penaten meinen, daß sie die Seele der Stadt sind, auch wenn sie erst im vorigen Jahr gekommen sind, und daß sie Leandra mitnehmen, wenn sie auswandern. Die Laren sehen die Penaten als vorübergehende, ungelegene Eindringlinge an; das ihre ist das wahre Leandra, das allem Form gibt, was es enthält, das Leandra, das schon da war, ehe diese Eindringlinge ankamen, und das bleiben wird, wenn sie alle fortgegangen sein werden.

Gemeinsam ist ihnen, daß sie immer etwas darüber zu sagen haben, was in der Familie und in der Stadt geschieht, wobei die Penaten die Alten, die Urgroßeltern, die Großtanten, die Familie von einst heranziehen und die Laren das Milieu, wie es war, ehe man es kaputtmachte. Das heißt aber nicht, daß sie nur von Erinnerungen leben: Sie malen sich aus, was für eine Karriere die Kinder einmal machen werden, wenn sie groß sind (die Penaten), was aus diesem Haus oder jenem Gebiet einmal werden könnte, wenn sie in gute Hände kämen (die Laren). Horchst du aufmerksam, besonders nachts, in den Häusern Leandras, so hörst du sie in einem fort tuscheln, einander in die Rede fallen und frotzeln, prusten, kichern.

DIE STÄDTE UND DIE TOTEN

1

Wenn man in Melania auf den Marktplatz kommt, ist man immer mitten in einem Dialog: Der prahlerische Soldat und der Parasit kommen aus einer Tür und treffen auf den jungen Verschwender und die Dirne; oder der geizige Vater gibt auf der Türschwelle seiner verliebten Tochter letzte Ratschläge und wird von dem albernen Diener unterbrochen, der fortgeht, um der Kupplerin ein Billett zu überbringen. Jahre später kommt man wieder nach Melania und trifft auf den gleichen Dialog, der weitergeht; mittlerweile sind der Parasit, die Kupplerin, der geizige Vater gestorben; doch der prahlerische Soldat, die verliebte Tochter, der alberne Diener haben deren Stelle eingenommen, wurden ihrerseits ersetzt durch den Heuchler, den Spitzel, den Astrologen.

Melanias Einwohnerschaft erneuert sich: Die Gesprächspartner sterben einer nach dem andern, und währenddessen werden die geboren, die deren

Stelle in dem Dialog einnehmen werden, sei es auf der einen, sei es auf der anderen Seite. Wechselt einer die Seite oder verläßt den Marktplatz für immer oder kommt zum erstenmal hin, gibt es Kettenumbesetzungen, bis sämtliche Rollen neu verteilt sind; doch indessen erwidert der aufgebrachte Alte noch immer dem vorlauten Kammermädchen, gibt der Wucherer es nicht auf, den mittellosen jungen Mann zu verfolgen, und die Amme nicht, die Stieftochter zu trösten, auch wenn keiner von ihnen noch die Augen und die Stimme hat wie in der vorangegangenen Szene.

Es geschieht zuweilen, daß ein einziger Sprecher zwei oder mehr Rollen zugleich innehat: Tyrann, Wohltäter, Bote; oder daß eine Rolle gedoppelt, multipliziert, an hundert, an tausend Einwohner Melanias vergeben wird: dreitausend für den Heuchler, dreißigtausend für den Schmarotzer, hunderttausend ins Unglück geratene Königssöhne, die auf ihre Anerkennung warten.

Im Laufe der Zeit sind die Rollen auch nicht mehr genau die gleichen wie vorher; sicher, die Handlung, die sie mit Intrigen und Überraschungseffekten voranbringen, führt schon zu irgendeiner Lösung, der sie immer näher kommt, auch wenn sich das Knäuel immer mehr zu verwickeln und die Hindernisse zu vermehren scheinen. Wer sich in späteren Augenblicken an den Marktplatz stellt, hört, daß sich der Dialog von Akt zu Akt ändert, auch wenn das Leben der Einwohner von Melania zu kurz ist, als daß sie es merkten.

Marco Polo beschreibt eine Brücke, Stein um Stein.

»Doch welcher Stein ist es, der die Brücke trägt?« fragt Kublai Khan.

»Die Brücke wird nicht von diesem oder jenem Stein getragen«, antwortet Marco, »sondern von der Linie des Bogens, den diese bilden.«

Kublai Khan verharrt in nachdenklichem Schweigen. Dann setzt er hinzu: »Warum sprichst du von den Steinen? Nur der Bogen ist für mich von Bedeutung.«

Polo erwidert: »Ohne Steine gibt es keinen Bogen.«

VI

»Hattest du jemals Gelegenheit, eine Stadt zu sehen, die dieser gleicht?« lautete Kublai Khans Frage an Marco Polo, und er streckte seine beringte Hand aus dem seidenen Baldachin des kaiserlichen Bucentaurus und zeigte auf die Brücken, die sich über den Kanälen wölbten, auf die fürstlichen Paläste, deren marmorne Schwellen bis ins Wasser gingen, auf das Hin und Her der Leichter, die, von langen Rudern vorangetrieben, kreuz und quer fuhren, auf die Lastkähne, die Körbe mit Gemüse an den Marktplätzen ausluden, auf die Balkons, die Altane, die Kuppeln, die Glockentürme, die Gärten der Inseln, die im Grau der Lagune grünten.

Der Kaiser, in Begleitung seines ausländischen Würdenträgers, besuchte Quinsai, alte Hauptstadt entmachteter Dynastien, letzte Perle, gefügt in die Krone des Groß-Khans.

»Nein, Sire«, antwortete Marco, »ich hätte mir nie vorgestellt, daß es so eine Stadt wie diese geben könnte.«

Der Kaiser versuchte, ihm in die Augen zu sehen. Der Fremde senkte den Blick, Kublai blieb den ganzen Tag über stumm.

Auf den Terrassen des Kaiserpalastes berichtete Marco Polo nach Sonnenuntergang dem Herrscher die Ergebnisse seiner Sendreisen. Für gewöhnlich beendete der Groß-Khan seine Abende damit, daß er mit halbgeschlossenen Augen diese Erzählungen genoß, bis sein erstes Gähnen für die Schar der Pagen das Zeichen war, die Fackeln zu entzünden und den Herrscher in den Pavillon des Erhabenen Schlafs zu geleiten. Diesmal jedoch schien Kublai nicht geneigt, der Müdigkeit nachzugeben. »Sprich mir noch von einer anderen Stadt«, beharrte er.

»... Von dort bricht der Mensch auf und reitet drei Tage gen Ost-Nordost ...«, begann Marco wiederum seine Rede und zählte noch Namen und Bräuche und Handel einer Vielzahl von Gegenden auf. Sein Vorrat konnte als unerschöpflich bezeichnet werden, doch nun war es an ihm, zu kapitulieren. Der Morgen graute, und er sagte: »Sire, nun habe ich dir von allen Städten gesprochen, die ich kenne.«

»Da ist noch eine, von der du nie sprichst.«

Marco Polo senkte den Kopf.

»Venedig«, sagte der Khan.

Marco lächelte. »Wovon dachtest du denn, daß ich dir gesprochen hätte?«

Der Kaiser zuckte nicht mit der Wimper. »Doch hörte ich dich nie den Namen aussprechen.«

Und Polo: »Jedesmal, wenn ich dir eine Stadt beschreibe, sage ich etwas über Venedig.«

»Wenn ich dich über andere Städte befrage, will ich dich über sie sprechen hören. Und über Venedig, wenn ich dich über Venedig befrage.«

»Um die Eigenschaften der anderen zu unterscheiden, muß ich von einer ersten Stadt ausgehen, die inbegriffen ist. Für mich ist sie Venedig.«

»Dann müßtest du jeden Bericht deiner Reisen mit der Abfahrt beginnen und Venedig beschreiben, wie es ist, das ganze, ohne das Geringste fortzulassen, was daran erinnert.«

Das Wasser im See war nur ein wenig gekräuselt;

der kupfrige Widerschein des alten Herrschersitzes der Sung zerbrach in glitzernde Spiegelungen gleich treibenden Blättern.

»Sind die Bilder des Gedächtnisses erst einmal mit Worten festgelegt, verlöschen sie«, sagte Polo. »Vielleicht fürchte ich mich davor, das ganze Venedig auf einmal zu verlieren, wenn ich von ihm spreche. Oder vielleicht habe ich es, während ich von den anderen Städten sprach, schon nach und nach verloren.«

DIE STÄDTE UND DER AUSTAUSCH

5

In Smeraldina, der äquatischen Stadt, überlagern und überschneiden sich ein Netzwerk von Kanälen und ein Netzwerk von Straßen. Um von einer Stelle zur anderen zu kommen, hast du immer die Wahl zwischen dem Landweg und dem mit dem Boot; und da die kürzeste Linie zwischen zwei Punkten in Smeraldina nicht eine Gerade, sondern ein Zickzack ist, das sich in verschlungenen Varianten verzweigt, öffnen sich jedem Passanten nicht nur zwei, sondern viele Wege, die sich für den noch vermehren, der Übersetzen im Boot und Übergang auf dem Trocknen miteinander abwechselt.

So bleibt den Einwohnern Smeraldinas die Eintönigkeit erspart, jeden Tag durch dieselben Straßen zu gehen. Doch das ist nicht alles: Das Netzwerk der Passagen ist nicht nur auf einer Ebene angelegt, sondern es folgt dem Auf und Ab der Treppchen, Balustradengänge, buckeligen Brücken, hängenden

Straßen. Durch die Kombination von Segmenten verschiedener Überführungs- und Oberflächenwege bereitet sich jeder Einwohner täglich das Vergnügen einer neuen Wegstrecke, um an dieselben Ziele zu gelangen. Die Leben, die am meisten gewohnheitsgebunden und am ruhigsten sind, verlaufen in Smeraldina wiederholungsfrei.

Größeren Beschränkungen sind hier wie anderswo die geheimen und abenteuerlichen Leben unterworfen. Smeraldinas Katzen, Diebe, heimlich Liebende bewegen sich auf höhergelegenen und nicht kontinuierlichen Wegen, springen von einem Dach zum andern, lassen sich von einem Altan auf einen Balkon herab, wandeln seiltänzerisch die Regenrinnen entlang. Weiter unten laufen Ratten im Dunkel der Kloaken, eine dicht am Schwanz der anderen, zusammen mit Verschwörern und Schmugglern: Sie lugen vorsichtig aus Gullys und Abzugsgräben hervor, verschwinden in Hohlräumen und Ablaufrohren, schleppen Käserinden, verbotene Waren, Fässer mit Schießpulver von einem Versteck ins andere, durchqueren die von einem Netz unterirdischer Gänge durchlöcherte Dichte der Stadt.

Ein Stadtplan von Smeraldina müßte, verschiedenfarbig eingetragen, alle diese Wegstrecken enthalten, die festen und die flüssigen, die offenen und die verborgenen. Schwieriger ist es, auf dem Plan die Wege der Schwalben niederzulegen, die über den Dächern die Luft durchschneiden, ohne Flügelschlag unsichtbare Parabeln hinuntergleiten, ausbrechen, um eine Mücke zu verschlucken, in Spiralen dicht an einer Turmspitze wieder aufwärtsstreben, von jedem Punkt ihrer Luftwege sämtliche Punkte der Stadt beherrschen.

DIE STÄDTE UND DIE AUGEN

4

Bist du in Fillide angekommen, blickst du gern auf die Vielfalt der Brücken, die, eine anders als die andere, über die Kanäle führen: bucklige, gedeckte, auf Pfeilern, auf Booten, hängende und mit durchbrochenem Geländer; auf die Vielfalt der Fenster, die auf die Straße gehen: doppelbogige, maurische, lanzettförmige, spitzbogige, darüber Lunetten oder Rosetten; auf die Vielfalt des Bodenbelags: Kieselsteine, Platten, Schotter, weiße und blaue Kacheln. An jedem ihrer Punkte bietet die Stadt dem Auge Überraschungen: ein Kapernbusch, der aus den Mauern der Festung sprießt, die Standbilder dreier Königinnen auf einem Sims, ein Zwiebelturm mit drei auf die Spitze gesteckten Zwiebelchen. »Wie glücklich, wer jeden Tag Fillide vor Augen hat und nie aufhört, all die Dinge zu sehen, die es enthält!« rufst du aus, voller Wehmut, die Stadt verlassen zu müssen, nachdem du sie nur eben mit deinem Blick gestreift.

Doch es trifft sich, daß du in Fillide bleibst und hier den Rest deiner Tage verbringst. Gar bald verblaßt die Stadt vor deinen Augen, die Rosetten, die Statuen auf den Simsen, die Kuppeln vergehen. Wie alle andern Einwohner von Fillide verfolgst du Zickzacklinien von einer Straße zur anderen, unterscheidest Sonnen- und Schattengebiete, hier eine Tür, dort eine Treppe, eine Bank, wo du den Korb absetzen kannst, eine kleine Vertiefung, wo du mit dem Fuß hängenbleibst, wenn du nicht aufpaßt. Der ganze Rest der Stadt ist unsichtbar. Fillide ist ein Raum, wo Wegstrecken zwischen Punkten verzeichnet werden, die im Leeren hängen, der kürzeste Weg, um zur Markise jenes Kaufmanns zu gelangen und dabei die Tür jenes Gläubigers zu vermeiden. Deine Schritte gehen nicht dem nach, was außerhalb der Augen, sondern was in ihnen ist, begraben und gelöscht: Wenn von zwei Laubengängen dir einer immer noch heiterer erscheint, so ist das, weil durch ihn vor dreißig Jahren ein Mädchen mit weiten gestickten Ärmeln ging, oder auch nur, weil er zu einer gewissen Stunde ein Licht bekommt wie jener andere, von dem du nicht mehr weißt, wo er war.

Millionen Augen heben sich zu Fenstern, Brücken, Kapernbüschen, und das ist, als überflögen sie ein weißes Blatt. Viele sind der Städte wie Fillide, sie entziehen sich den Blicken, oder du überraschst sie.

DIE STÄDTE UND DER NAME

3

Lange war Pirra für mich eine auf den Hängen eines Golfs befestigte Stadt mit hohen Fenstern und mit Türmen, geschlossen wie eine Trinkschale, in deren Mitte ein Platz, so tief wie ein Brunnen und mit einem Brunnen in seiner Mitte. Ich hatte es nie gesehen. Es war eine von den vielen Städten, in die ich nie gelangt bin, die ich mir nur über ihren Namen vorstelle: Eufrasia, Odile, Margara, Getullia. Pirra hatte seinen Platz mitten unter ihnen, anders als jede von ihnen, wie jede von ihnen unverwechselbar dem geistigen Auge.

Der Tag kam, da mich meine Reisen nach Pirra führten. Kaum setzte ich meinen Fuß hinein, war alles vergessen, was ich mir ausgedacht hatte; Pirra war zu dem geworden, was Pirra ist; und ich glaubte, immer gewußt zu haben, daß das Meer außer Sichtweite der Stadt ist, verdeckt durch eine Düne der tiefen, gewellten Küste; daß die Straßen langgestreckt und gerade verlaufen; daß die Häuser in Abständen gruppiert, nicht hoch und von Lagerflächen für rohes und gesägtes Holz voneinander getrennt sind; daß der Wind die Flügelräder der Wasserpumpen treibt. Von dem Augenblick an ruft mir der Name Pirra diesen Anblick in mein Gedächtnis, dieses Licht, dieses Gesumme, diese Luft, in der ein gelblicher Staub umherfliegt: Es ist augenscheinlich, daß er nichts anderes als dies bedeutet und bedeuten konnte.

Mein Gedächtnis bewahrt weiterhin eine große Anzahl von Städten, die ich nie gesehen habe und auch nicht sehen werde, Namen, die eine Gestalt oder ein Fragment oder Blendwerk einer ausgedachten Gestalt mit sich tragen: Getullia, Odile, Eufrasia, Margara. Auch die Stadt hoch über dem Golf ist noch immer dort, mit dem Platz, der sich um den Brunnen herumschließt, doch ich kann sie nicht mehr mit einem Namen nennen und mich auch nicht erinnern, wie ich ihr einen Namen geben konnte, der ganz anderes bedeutet.

DIE STÄDTE UND DIE TOTEN

2

Nie auf meinen Reisen war ich bis Adelma vorgedrungen. Es war Dämmerung, als ich landete. Der Seemann am Kai, der das Tau auffing und um den Pfosten schlang, sah einem ähnlich, der mit mir Soldat gewesen und tot war. Es war zur Stunde des Fischgroßmarkts. Ein Alter lud einen Korb Seeigel auf einen Karren; ich glaubte, ihn zu erkennen; als ich mich umwandte, war er in einer Gasse verschwunden, doch jetzt wußte ich, daß er einem Fischer ähnlich sah, der schon alt gewesen, als ich Kind war, und nicht mehr unter den Lebenden sein konnte. Mich bewegte der Anblick eines Fieberkranken, der zusammengekauert auf der Erde hockte, eine Decke über dem Kopf: Mein Vater hatte einige Tage vor seinem Tod ebenso gelbe Augen und einen stachligen Bart wie er. Ich schaute weg; ich traute mich nicht mehr, noch irgendeinem ins Gesicht zu sehen.

Ich dachte: Wenn Adelma eine Stadt ist, die ich im

Traum sehe, wo man nur Toten begegnet, fürchte ich mich vor dem Traum. Wenn Adelma eine echte Stadt ist, die von Lebenden bewohnt wird, braucht man sie nur fest anzusehen, und die Ähnlichkeiten verschwinden, und fremde Gesichter erscheinen, die Angst verursachen. Im einen wie im andern Fall ist es besser, wenn ich davon ablasse, sie zu betrachten.

Eine Gemüseverkäuferin wog mit der Handwaage einen Wirsing und tat ihn in einen Korb, den ein Mädchen an einer Schnur vom Balkon herunterließ. Das Mädchen war wie eine aus meinem Dorf, die aus Liebeskummer wahnsinnig geworden war und sich umgebracht hatte. Die Gemüseverkäuferin hob das Gesicht: Sie war meine Großmutter.

Ich dachte: Man kommt im Leben zu einem Augenblick, da unter den Menschen, die man gekannt, mehr Tote als Lebende sind. Und unser Inneres sträubt sich dagegen, andere Physiognomien, andere Gesichtsausdrücke zu akzeptieren: Auf alle neuen Gesichter, die ihm begegnen, drückt es die alten Formen, für jedes findet es die passendste Maske.

Die Schauerleute stiegen hintereinander die Treppen hinauf, tief gebeugt unter Ballonflaschen und Fässern; die Gesichter von sackleinenen Kapuzen verdeckt. Gleich richten sie sich auf, und ich erkenne sie, dachte ich gespannt und voller Angst. Doch ich ließ meine Augen nicht von ihnen; und kaum blickte ich ein wenig auf die Menge, die sich auf jenen Sträßchen drängte, sah ich mich überfallen von unerwarteten Gesichtern aus weiter Ferne, die mich ansahen, als wollten sie sich zu erkennen geben, als wollten sie mich erkennen, als hätten sie mich erkannt. Vielleicht sah auch ich in den Augen eines jeden von ihnen jemandem ähnlich, der gestorben war. Ich war eben erst in Adelma eingetroffen und war schon einer von ihnen, war zu ihnen übergegangen, ganz einbezogen in diese Fluktuation von Augen, Runzeln, Gesichtsverzerrungen.

Ich dachte: Vielleicht ist Adelma die Stadt, in die man als Sterbender gelangt und wo ein jeder die Menschen wiederfindet, die er gekannt hat. Es ist ein Zeichen, daß auch ich gestorben bin. Ich dachte auch: Es ist ein Zeichen, daß das Jenseits nicht glücklich ist.

DIE STÄDTE UND DER HIMMEL

1

In Eudossia, das sich nach oben und nach unten erstreckt mit seinen winkeligen Sträßchen, Treppen, Sackgassen, Elendshütten, bewahrt man einen Teppich auf, auf dem du die wahre Gestalt der Stadt betrachten kannst. Auf den ersten Blick scheint nichts weniger Eudossia zu gleichen als die Zeichnung des Teppichs, eine Anordnung symmetrischer Figuren, die an Geraden und Kreisen entlang ihre Motive wiederholen, und gewoben aus Wolle schönster Farben, deren abwechselnden Verlauf du auf dem ganzen Gewebe verfolgen kannst. Verweilst du aber und betrachtest ihn aufmerksam, wirst du dich davon überzeugen, daß einer jeden Stelle des Teppichs eine Stelle in der Stadt entspricht und daß alle in der Stadt vorhandenen Dinge in der Zeichnung enthalten sind, geordnet nach ihren wahren Beziehungen, die deinem vom Hinundher, vom Gewimmel, vom Gedränge abgelenkten Auge entgehen. Das ganze Durcheinander von Eudossia, Eselsralen, Rußflecken, Fischgeruch, erscheint dir nur in der Teilperspektive, die du erfaßt; der Teppich aber beweist, daß es einen Punkt gibt, von wo aus die Stadt ihre wahren Proportionen, das geometrische Schema in jeder ihrer kleinsten Einzelheiten zeigt.

Man kann sich leicht verirren in Eudossia; doch wenn du dich darauf konzentrierst, den Teppich fest anzusehen, erkennst du die Straße, die du gesucht hast, in einem cremefarbenen oder indigoblauen oder amarantfarbenen Faden, der dich über einen langen Umweg in ein purpurnes Feld führt, dein eigentliches Ziel. Jeder Einwohner von Eudossia vergleicht an der unbeweglichen Ordnung des Teppichs eins seiner Bilder von der Stadt, eine seiner Ängste, und jeder kann eine in den Arabesken versteckte Antwort finden, die Erzählung seines Lebens, die Wendungen des Schicksals.

Über den geheimnisvollen Zusammenhang zwischen zwei so verschiedenen Dingen wie Teppich und Stadt hat man ein Orakel befragt. Das eine der beiden – lautete die Antwort – hat die Form, die von den Göttern dem gestirnten Himmel und den Bahnen verliehen wurde, auf denen die Welten kreisen; das andere ist nur ein annähernder Abglanz, wie jedes Menschenwerk.

Die Auguren waren sich seit langem sicher, daß die harmonische Zeichnung des Teppichs göttliches Werk sei; in diesem Sinne wurde das Orakel ausgelegt, ohne daß man Zweifel daran hätte aufkommen lassen. Doch ebensogut kannst du die entgegengesetzte Schlußfolgerung ziehen: daß die wahre Karte des Universums die Stadt Eudossia sei, wie sie ist, ein Klecks, der sich formlos ausbreitet, mit lauter kreuz und quer verlaufenden Straßen, Häusern, die eins über dem andern in dicken Staub stürzen, Feuersbrünsten, Schreien im Dunkel.

»... Also ist die deine wirklich eine Reise in die Erinnerung!« Der Groß-Khan, immer ganz Aufmerksamkeit, fuhr jedesmal dann von seiner Hängematte auf, wenn er in Marcos Rede den Anflug eines Seufzers wahrnahm. »Um eine Bürde von Heimweh loszuwerden, bist du so weit in die Ferne gezogen!« rief er aus oder: »Mit einer Schiffsladung Bedauern kehrst du von deinen Expeditionen zurück!« und fügte spöttisch hinzu: »Ein magerer Einkauf, in der Tat, für einen Kaufmann der Serenissima!«

Das war der Punkt, auf den alle Fragen Kublais über Vergangenheit und Zukunft zielten, seit einer Stunde spielte er schon damit, wie die Katze mit der Maus, trieb Marco schließlich in die Enge, fiel über ihn her, setzte ihm das Knie auf die Brust, packte ihn an seinem Bart. »Das eben wollte ich von dir wissen. Gib zu, was du einschmuggelst: Gemütsverfassungen, Gnadenzustände, Elegien!«

Vielleicht nur gedachte Worte und Taten, während die beiden, in Schweigen und Reglosigkeit, dem bedächtig aufsteigenden Rauch ihrer Pfeifen nachsahen. Die Wolke löste sich einmal in einem Windhauch auf, ein andermal blieb sie in halber Höhe schweben; und die Antwort war in dieser Wolke. Beim Luftzug, der den Rauch wegwehte, dachte Marco an die Nebelschwaden, die das Meer in seiner ganzen Fläche und die Bergketten einhüllen und im Vergehen eine trockene, durchsichtige Luft hinterlassen, Offenbarung weit entfernter Städte. Über diesen Schirm flüchtiger Stimmungen hinaus wollte sein Blick gelangen: Die Form der Dinge ist aus der Entfernung besser zu erkennen.

Oder, kaum über die Lippen gekommen, verharrte die Wolke und gab Anlaß zu einer neuen Vision: die Ausdünstungen, die über den Dächern der Metropolen hängenbleiben, der dunkle Rauch, der sich nicht auflöst, die Dunstglocke aus giftigen Gasen, die auf die Asphaltstraßen drückt. Nicht die flüchtigen Nebel der Erinnerung und auch nicht die trockene Durchsichtigkeit, sondern die Verbrennungsrückstände verbrannter Leben, die über den Städten eine Kruste bilden, den mit lebender, nicht mehr fließender Materie vollgesaugten Schwamm, die Stauung aus der Vergangenheit Gegenwart Zukunft, Blockierung für die in der Bewegungsillusion verkalkten Existenzen: Das fandest du am Ende der Reise.

VII

Kublai: »Ich weiß nicht, wann du die Zeit hattest, all die Länder aufzusuchen, die du mir beschreibst. Mir kommt es vor, als hättest du dich nie von diesem Garten weggerührt.«

Polo: »Alles und jedes, was ich sehe und tue, erlangt seine Bedeutung in einem Raum meines Geistes, wo die gleiche Ruhe ist wie hier, der gleiche Halbschatten, das gleiche vom Blätterrascheln durchzogene Schweigen. In dem Augenblick, da ich mich aufs Überlegen konzentriere, finde ich mich stets in diesem Garten, zu dieser Abendstunde, vor deinem hehren Angesicht wieder, obgleich ich, ohne auch nur einen Augenblick anzuhalten, einen von Krokodilen grünen Fluß hinauffahre oder Fässer gesalzenen Fisches abzähle, die man in den Frachtraum hinunterläßt.«

Kublai: »Auch ich bin nicht sicher, daß ich hier bin, zwischen den Porphyrfontänen einherwandle und dem Plätschern des sprudelnden Wassers lausche und nicht, blut- und schweißverklebt, an der Spitze meines Heeres reite und die Länder erobere, die du beschreiben sollst, oder den Angreifern, die auf die Mauern einer belagerten Feste klettern, die Finger abhacke.«

Polo: »Vielleicht existiert dieser Garten nur im Schatten unserer gesenkten Lider, und wir ließen nie davon ab, du nicht, den Staub auf den Schlachtfeldern aufzuwirbeln, und ich nicht, Säcke wie Pfeffer auf fernen Handelsplätzen zu erstehen, doch schließen wir die Augen mitten im Getöse und Gedränge, so ist es uns jedesmal vergönnt, uns, eingehüllt in seidene

Kimonos, hierher zurückzuziehen, um das zu bedenken, was wir sehen und erleben, Bilanz zu ziehen, es aus der Ferne zu betrachten.«

Kublai: »Vielleicht spielt sich dieser unser Dialog zwischen zwei abgerissenen Kerlen mit Spitznamen Kublai Khan und Marco Polo ab, die eine Müllkippe durchwühlen, verrostete Eisenteile, Lumpen, Altpapier häufen und, trunken von wenigen Schlucken üblen Weines, rings um sich alle Schätze des Orients erglänzen sehen.«

Polo: »Vielleicht ist von der Welt ein unbestimmbares, von Müllhalden überdecktes Terrain und der hängende Garten im Schloßgelände des Groß-Khans übriggeblieben. Es sind unsere Lider, die sie auseinanderhalten, doch man weiß nicht, was drinnen und was draußen ist.«

DIE STÄDTE UND DIE AUGEN

5

Nachdem er den Fluß durchwatet und den Paß überstiegen hat, steht der Mensch plötzlich vor der Stadt Moriana mit ihren im Sonnenschein durchsichtigen Alabastertoren, ihren Korallensäulen, die serpentinverkleidete Simse tragen, ihren Villen ganz aus Glas, wie Aquarien, wo die Schatten der Tänzerinnen mit versilberten Schuppen unter medusenförmigen Lüstern einherschwimmen. Ist er nicht auf seiner ersten Reise, so weiß der Mensch bereits, daß Städte wie diese eine Kehrseite haben: Man braucht nur einen Bogen zu gehen und hat schon Morianas verborgenes Gesicht vor Augen, eine Fläche mit verrostetem Blech, Sackleinwand, nägelbespickten Balken, rußschwarzen Rohren, Haufen von Büchsen, Brandmauern mit verwaschenen Inschriften, Stuhlgerippen ohne Flechtsitze, Stricken, die nur noch dazu taugen, sich an einem morschen Balken aufzuhängen.

Es scheint, daß die Stadt von der einen Seite zur

anderen perspektivisch weitergeht und ihr Repertoire von Bildern multipliziert; doch sie hat keine Dichte, sie besteht nur aus einer Vorderseite und einer Rückseite, wie ein Blatt Papier mit einer Figur hier und einer Figur dort, die sich nicht ablösen und nicht ansehen können.

DIE STÄDTE UND DER NAME

4

Clarice, die ruhmreiche Stadt, hat eine bewegte Geschichte. Mehrere Male verfiel es und blühte wieder auf, wobei es sich stets das erste Clarice als unerreichbares Vorbild jeglichen Glanzes bewahrte, an dem gemessen der gegenwärtige Zustand der Stadt nur immer neue Seufzer bei jedem Sternenwechsel hervorrufen kann.

In den Jahrhunderten der Erniedrigung, durch Pestilenz entvölkert, durch den Einsturz von Gebälk und Friesen und durch Erdrutsche an Höhe gemindert, durch Vernachlässigung oder Mangel an Wartungspersonal verrottet und wurmstichig, bevölkerte sich die Stadt wieder allmählich mit dem Hervorkommen aus Kellern und Höhlen von Horden Überlebender, die wie Ratten wimmelten und getrieben waren von der Unrast, zu wühlen und zu nagen, auch zusammenzulesen und zusammenzustoppeln wie Vögel beim Nestbau. Sie hielten sich an alles, was von seinem Platze wegzunehmen war, um anderswohin zu anderm Gebrauch verbracht zu werden: Brokatvorhänge endeten als Bettücher; in marmorne Graburnen pflanzten sie Basilikum; aus Fensterstöcken von Frauengemächern herausgebrochene schmiedeeiserne Gitter wurden zum Braten von Katzenfleisch über Feuern aus Intarsienholz benutzt. Zusammengestückelt aus Einzelteilen des unbrauchbaren Clarice, gewann das Überlebens-Clarice Gestalt, ganz Elendsquartiere und Elendshütten, verseuchte Abflüsse, Kaninchenkäfige. Und doch war von Clarices altem Glanz fast nichts verlorengegangen, alles war da, nur anders zugeordnet, aber den Bedürfnissen der Einwohner nicht minder entsprechend als zuvor.

Auf die Zeiten der Not folgten glücklichere Epochen: Ein Clarice-Prachtschmetterling entschlüpfte der Clarice-Elendspuppe; der neue Wohlstand ließ die Stadt überborden an neuem Material, neuen Bauten, neuen Gegenständen; neue Menschen kamen von außerhalb; niemand und nichts hatte mehr etwas gemein mit dem Clarice oder den Clarices von früher; und je mehr sich die neue Stadt auf Standort und Namen des ersten Clarice triumphierend festsetzte, desto mehr wurde es gewahr, daß es sich von diesem entfernte, daß es dieses nicht weniger rasch zerstörte als Mäuse und Mauerschimmel: Bei allem Stolz auf den neuen Prunk fühlte es sich im Grunde seines Herzens doch fremd, unpassend usurpatorisch.

Da nun wurden die Bruchstücke aus dem ersten Glanz, die sich durch Anpassung an die obskursten

Bedürfnisse gerettet hatten, von neuem anderswohin verbracht, da nun sind sie unter Glasglocken verwahrt, in Schaukästen verschlossen, auf samtenen Kissen gebreitet, und nicht weil sie noch zu etwas gebraucht werden konnten, sondern weil man mit ihnen eine Stadt wieder hätte zusammensetzen wollen, von der keiner mehr etwas gewußt hat.

Weitere Verfallszeiten, weitere Blütezeiten folgten in Clarice. Einwohner und Bräuche wechselten mehrmals. Name, Standort und die besonders schwer zerbrechlichen Gegenstände blieben. Jedes neue Clarice, festgefügt wie ein lebender Körper mit seinen Gerüchen und seinem Atem, stellt als Schmuckstück zur Schau, was von den alten, fragmentarischen und toten Clarices übrig ist. Man weiß nicht, wann die korinthischen Kapitelle oben an ihren Säulen gewesen sind: Nur von einem weiß man, daß es jahrelang in einem Hühnerstall den Korb getragen hat, in den die Hühner ihre Eier legten, und daß es von dort ins Museum der Kapitelle gekommen ist, eingereiht unter die anderen Exemplare der Sammlung. Die Aufeinanderfolge der Ären hat sich verloren; daß es ein erstes Clarice gegeben hat, ist allgemeiner Glaube, doch es gibt keine Beweise dafür; die Kapitelle könnten zuerst in den Hühnerställen und dann in den Tempeln gewesen sein, in die marmornen Urnen könnten zuerst Basilikum und dann erst Totenknochen gesetzt worden sein. Nur dies weiß man mit Sicherheit: Eine bestimmte Anzahl von Gegenständen verändert ihren Platz in einem bestimmten Raum, ist einmal begraben von einer

Menge neuer Gegenstände und verbraucht sich ein andermal ohne Ersatz; Regel ist, sie jedesmal zu vermengen und den Versuch zu machen, sie wieder zusammenzubringen. Vielleicht ist Clarice immer nur ein Durcheinander von zerbrochenem, schlecht sortiertem, nicht mehr gebrauchtem Plunder gewesen.

DIE STÄDTE UND DIE TOTEN

3

Es gibt keine Stadt, die mehr dazu neigte als Eusapia, das Leben zu genießen und den Sorgen zu entfliehen. Und damit der Sprung vom Leben zum Tod weniger abrupt sei, haben die Einwohner eine genaue Kopie ihrer Stadt unter der Erde gebaut. Die Leichen, derart getrocknet, daß ein von gelber Haut überzogenes Skelett zurückbleibt, werden dort hinuntergebracht, um ihre Beschäftigungen von vordem weiterzuführen. Dabei haben die Momente der Sorglosigkeit den Vorzug: Die meisten setzt man an gedeckte Tische oder stellt sie zum Tanze auf oder so, als bliesen sie Trompete. Aber auch alle Geschäfte und Berufe aus dem Eusapia der Lebenden werden untertage ausgeübt, jedenfalls aber die, denen bei Lebzeiten mit mehr Lust als Widerwillen nachgegangen wurde: Der Uhrmacher mitten unter allen stillstehenden Uhren seines Ladens legt sein pergamentenes Ohr an ein aus dem Takt geratenes Pendel; ein Barbier seift mit trockenem Pinsel das Wangenbein eines Schauspielers ein, der gerade memoriert und mit leeren Augenhöhlen auf das Rollenbuch starrt; ein Mädchen mit lachendem Schädel melkt das Skelett einer Färse.

Gewiß, viele von den Lebenden wollen nach ihrem Tod ein anderes Schicksal, als ihnen beschieden war: Die Nekropole ist übervoll von Löwenjägern, Sopranistinnen, Bankiers, Geigern, Herzoginnen, Mätressen, Generalen, mehr als die lebende Stadt jemals aufzuweisen hatte.

Die Toten hinunterzugeleiten und am gewollten Platz aufzubauen, obliegt einer vermummten Bruderschaft. Niemand sonst hat Zutritt zum Eusapia der Toten, und alles, was man von dort unten weiß, das weiß man von ihnen.

Es heißt, daß es die gleiche Bruderschaft auch bei den Toten gibt und diese es nicht unterläßt, ihnen zur Hand zu gehen; nach ihrem Tod üben die Vermummten das gleiche Amt auch im andern Eusapia aus; sie lassen die Leute glauben, daß einige von ihnen schon gestorben sind und gehen immer noch hinauf und hinab. Gewiß, die Macht dieser Bruderschaft der Lebenden ist sehr ausgedehnt.

Es heißt, daß sie jedesmal, wenn sie hinuntergehen, im unteren Eusapia etwas verändert finden; die Toten schaffen Neuerungen in ihrer Stadt; nicht viele, doch sicherlich ein Ergebnis wohlausgewogener Überlegung und nicht flüchtiger Launen. Von einem Jahr zum andern, so heißt es, ist das Eusapia der Toten nicht wiederzuerkennen. Und um mitzuhalten, wollen die Lebenden auch all das machen, was die

Vermummten an Neuigkeiten bei den Toten erzählen. So hat das Eusapia der Lebenden damit begonnen, seine unterirdische Kopie zu kopieren.

Es heißt, daß dies nicht erst jetzt geschieht: In Wahrheit sollen die Toten das Eusapia von oben zum Gleichnis ihrer eigenen Stadt erbaut haben. Es heißt, daß man in den beiden Zwillingsstädten unmöglich feststellen kann, wer die Lebenden und wer die Toten sind.

DIE STÄDTE UND DER HIMMEL 2

In Bersabea ist dieser Glaube überliefert: daß es oben am Himmel hängend ein anderes Bersabea gibt, wo der Stadt hehrste Tugenden und Gefühle schweben, und daß das irdische Bersabea, wenn es sich das himmlische zum Vorbild nimmt, mit diesem zu einem einzigen werden wird. Die überlieferte Vorstellung ist die einer Stadt aus massivem Gold mit silbernen Scharnieren und diamantenen Toren, einer Juwel-Stadt, ganz Intarsien und kostbare Einfassungen, wie sie nur ein Höchstmaß an Überlegung und Arbeitsamkeit aus wertvollstem Material herzustellen vermag. Diesem Glauben getreu halten die Einwohner Bersabeas alles in Ehren, was sie an die himmlische Stadt erinnert: Sie horten Edelmetalle und seltene Steine, entraten vergänglicher Mühen, erarbeiten Formen von abgemessener Gemessenheit.

Sie glauben auch, diese Einwohner, daß ein anderes

Bersabea untertage existiert, Ansammlung all dessen, was sie an Verachtenswertem und Unwürdigem verbrauchen, und es ist ihre stete Sorge, aus dem oberirdischen Bersabea jede Bindung oder Ähnlichkeit mit dem niederen Zwilling zu tilgen. Man stellt sich vor, daß die unterirdische Stadt an Stelle der Dächer umgestülpte Müllkästen hat, von denen Käserinden, fettiges Papier, Gräten, Tellerabwasch, Spaghettireste, alte Binden abrutschen. Oder gar, daß ihre Substanz jene dunkle, schlüpfrige, pechdicke ist, die durch die Kloaken hinunterrutscht in Fortführung ihres Weges durch das menschliche Gedärm, von Pfuhl zu Pfuhl, bis sie aufklatscht auf den untersten Untergrund, und daß eben aus dem trägen gekringelten Brei da drunten Kringel um Kringel die Gebäude einer Fäkalienstadt mit gewundenen Spitzen erstehen.

An Bersabeas Glauben ist ein Teil Wahrheit und ein Teil Irrtum. Wahr ist, daß zwei Projizierungen ihrer selbst die Stadt begleiten, eine himmlische und eine höllische; doch über deren Beschaffenheit täuscht man sich. Die Hölle, die in Bersabeas tiefstem Untergrunde dräut, ist eine von den probatesten Architekten entworfene Stadt, erbaut mit den teuersten Materialien, die es im Handel gibt, funktionierend in allen ihren Apparaten und Uhrwerken und Getrieben, geschmückt mit Quasten und Fransen und Florbändern an allen Rohren und Triebstangen.

Darauf bedacht, seine Karate an Vollkommenheit zu horten, hält Bersabea für Tugend, was mittlerweile dumpfer Wahn ist, das leere Gefäß seiner eigenen Leere zu füllen; es weiß nicht, daß seine einzigen Augenblicke großzügiger Hingabe die des Von-sich-Ablösens, des Fallenlassens, Verstreuens sind. Doch steht im Zenit Bersabeas ein Himmelskörper, der von allem Besitz der Stadt erstrahlt, enthalten im Schatz der weggeworfenen Dinge: ein Planet, von dem Kartoffelschalen, durchlöcherte Schirme, abgelegte Strümpfe wehen, der von Glasscherben, verlorenen Knöpfen, Pralinenpapierchen strahlt, der mit Straßenbahnfahrscheinen, Fingernagel- und Hühneraugenschnipseln, Eierschalen gepflastert ist. Dieses ist die himmlische Stadt, und an ihrem Himmel wandern langgeschweifte Kometen, auf ihre Bahn in den Raum geschickt durch die einzig freie und glückliche Handlung, zu der die Einwohner von Bersabea imstande sind, einer Stadt, die nur, wenn sie scheißt, nicht geizig, berechnend, gewinnsüchtig ist.

DIE ANDAUERNDEN STÄDTE

1

Die Stadt Leonia macht sich jeden Tag neu: Allmorgendlich erwacht die Bevölkerung in frischen Bettlaken, wäscht sich mit Seifen, die frisch aus der Verpackung kommen, kleidet sich in strahlend neue Morgenröcke, holt sich aus dem perfektioniertesten Kühlschrank noch ganz unversehrte Blechbüchsen, hört die neuesten Märchen aus dem neuesten Radiomodell.

Auf den Bürgersteigen warten, in saubere Plastesäcke eingehüllt, die Reste des Leonia von gestern auf den Wagen der Müllabfuhr. Nicht allein ausgedrückte Zahnpastatuben, durchgebrannte Glühlampen, Zeitungen, Behälter, Verpackungsmaterial, sondern auch Badeöfen, Enzyklopädien, Klaviere, Porzellanservice: Mehr noch als an den Dingen, die tagtäglich fabriziert, verkauft, gekauft werden, mißt man Leonias Wohlstand an dem, was tagtäglich weggeworfen wird, um Neuem Platz zu machen. So fragt man sich, ob Leonias wahre Leidenschaft auch wirklich, wie gesagt wird, der Genuß neuer und andersgearteter Dinge ist und nicht vielmehr das Abstoßen, Vonsichentfernen, Sichreinigen von einer immer wiederkehrenden Unreinheit. Tatsache ist, daß die Müllmänner wie Engel empfangen werden und ihre Obliegenheit, die Reste der gestrigen Existenz zu beseitigen, von stummer Hochachtung begleitet wird wie ein Ritus, der Andacht heischt, oder vielleicht auch nur, weil an das einmal weggeworfene Zeug keiner mehr einen Gedanken verlieren will.

Wo die Müllmänner ihre tägliche Ladung hinschaffen, das fragt sich keiner: vor die Stadt, gewiß, aber mit jedem Jahr breitet sich die Stadt weiter aus, und die Mühlhalden müssen weiter weg; der Ausstoß nimmt an Mächtigkeit zu, die Halden wachsen in die Höhe, schichten sich übereinander, dehnen sich über weiteres Gelände aus. Je mehr sich Leonia in der Fertigkeit hervortut, neue Materialien zu produzieren, muß noch hinzugefügt werden, desto mehr verbessert sich der Müll in seiner Substanz, widersteht Wind und Wetter, Fäulnis und Verbrennung. Eine Festung unzerstörbarer Überreste ist es, was Leonia umgibt, allseits überragt wie hochgetürmte Berge.

Dies ist das Ergebnis: Je mehr Zeug Leonia abstößt, um so mehr häuft es davon an; die Schuppen seiner Vergangenheit verfestigen sich zu einem Panzer, den man nicht mehr abnehmen kann; durch ihre tägliche Erneuerung konserviert sich die Stadt zur Gänze in der einzig definitiven Form: die der Abfälle von gestern, die sich auf den Abfällen von vorgestern und allen ihren Tagen und Jahren und Jahrzehnten häufen.

Leonias Müll würde nach und nach die Welt überdecken, drückten nicht an den unermeßlichen Müllhaufen von jenseits seines äußersten Bergrückens die Müllhaufen anderer Städte, die auch Berge von Abfällen weit von sich schieben. Vielleicht ist die ganze Welt außerhalb der Grenzen Leonias von Müllkratern bedeckt, in deren Mitte eine in ständiger Eruption befindliche Metropole liegt. Die Grenze zwischen den einander fremden und feindlichen Städten sind verseuchte Bastionen, wo sich die Abfälle der einen und der anderen gegenseitig abstützen, überlagern, vermischen.

Je höher sie werden, um so größer wird die Gefahr von Bergrutschen: Es braucht nur eine Büchse, ein alter Reifen, eine Weinflasche auf der Leonia zugewandten Seite ins Rollen zu kommen, und schon wird eine Lawine aus paarlosen Schuhen, Kalendern abgelaufener Jahre, verwelkter Blumen die Stadt unter ihrer Vergangenheit begraben, die sie vergeblich von sich abzustoßen versuchte, nun untermischt mit der der angrenzenden, endlich sauberen Städte: Ein Kataklysmus wird die dreckige Bergkette einebnen, jegliche Spur der allzeit neugekleideten Metropole verwischen. Schon hält man sich in den Nachbarstädten bereit, mit Planierraupen den Boden einzuebnen, sich auf das neue Gebiet auszubreiten, sich zu vergrößern, die neuen Müllhalden von sich fortzuschieben.

Polo: »... Vielleicht blicken die Terrassen dieses Gartens nur auf den See unseres Geistes ...«

Kublai: »... und wie weit unsere mühsamen Unternehmungen als Feldherr und als Kaufmann uns auch bringen mögen, so bewahren wir doch beide in unserm Innern diesen stillen Schatten, diese Unterhaltung mit Pausen und auch diesen stetig gleichen Abend.«

Polo: »Es sei denn, man stellt die entgegengesetzte Hypothese auf: Daß es jene, die sich in Feldlagern und Häfen abrackern, nur gibt, weil wir beide, eingeschlossen von diesen Bambusbüschen und unbeweglich von jeher, sie uns eben ausdenken.«

Kublai: »Daß es keine Mühe, Schreie, Wunden und Gestank gibt, sondern nur diesen Azaleenbusch.«

Polo: »Daß es die Träger, die Steinmetzen, die Müllmänner, die Köchinnen, die Hühner ausnehmen, die Wäscherinnen, die sich über den Stein beugen, die Familienmütter, die den Reis rühren und die Neugeborenen stillen, nur gibt, weil wir sie uns ausdenken.«

Kublai: »Um der Wahrheit willen, ich denke sie mir nie aus.«

Polo: »Dann gibt sie es nicht.«

Kublai: »Dies halte ich nicht für eine Konjektur, die sich für unsereinen geziemt. Ohne sie könnten wir uns nie, in unsere Hängematten eingesponnen, in aller Ruhe wiegen.«

Polo: »Demnach ist diese Hypothese auszuschließen. Also wird die andere stimmen: daß es sie und nicht uns gibt.«

Kublai: »Wir haben bewiesen, daß wir, wenn es uns gäbe, nicht wären.«

Polo: »In der Tat, da sind wir.«

VIII

Vor dem Throne des Groß-Khans breitete sich ein Fußboden aus Majolikakacheln. Marco Polo, der stumme Berichter, legte dahin die Musterkollektion der Waren, die er von seinen Reisen an die Grenzen des Imperiums mitgebracht hatte: einen Helm, eine Muschel, eine Kokosnuß, einen Fächer. Dadurch, daß er die Dinge in einer bestimmten Anordnung auf die weißen und schwarzen Kacheln legte und mit wohlbedachten Zügen nach und nach verschob, wollte der Abgesandte dem Monarchen die Erlebnisse seiner Reise, den Zustand des Imperiums, die Besonderheiten weit entfernter Bezirksstädte vor Augen führen.

Kublai war ein aufmerksamer Schachspieler; den Bewegungen Marcos entnahm er, daß bestimmte Figuren die Nähe anderer Figuren bedingten oder ausschlossen und sich auch auf bestimmten Linien bewegten. Von der verschiedenen Form der Gegenstände abgesehen, definierte er deren Art, sich auf dem Majolikafußboden zueinander zu ordnen. Er dachte: Wenn jede Stadt wie ein Schachspiel ist, so werde ich an dem Tag, da ich seine Regeln entdeckt haben werde, endlich mein Reich besitzen, auch wenn es mir nie gelingen wird, alle Städte kennenzulernen, die es enthält.

Im Grunde brauchte Marco den vielen Krimskrams ja gar nicht, um ihm über seine Städte zu berichten: Da genügte ein Schachbrett mit seinen Figuren von genau klassifizierten Formen. Jeder Figur konnte man von Mal zu Mal ihre eigene Bedeutung verleihen: Ein Pferd konnte ebensogut ein echtes

Pferd wie einen Wagenzug, ein marschierendes Heer, ein Reiterstandbild darstellen; und eine Königin konnte eine am Balkon lehnende Dame, ein Brunnen, eine Kirche mit Kuppel und Spitze, ein Quittenbaum sein.

Als Marco von seiner letzten Sendreise zurückkehrte, sah er, daß der Khan ihn vor einem Schachbrett erwartete. Mit einer Geste forderte er ihn auf, sich ihm gegenüberzusetzen und nur mit Hilfe der Schachfiguren die Städte zu beschreiben, die er besucht hatte. Der Venezianer ließ sich nicht entmutigen. Der Khan hatte große Figuren aus poliertem Elfenbein: Dadurch, daß Marco auf dem Schachbrett drohende Türme und scheue Pferde anordnete, Scharen von Bauern anhäufte, gerade oder schräge Alleen gemäß dem Zug der Königin errichtete, schuf er noch einmal die Perspektiven und Räume weißer und schwarzer Städte in den Nächten des Mondes.

Beim Betrachten dieser wesentlichen Ausblicke sann Kublai über die unsichtbare Ordnung, die die Städte beherrschte, und über die Gesetze, die ihre Entstehung und Formgebung, ihre Blüte, ihre Anpassung an die Zeitläufte, ihr Siechtum und ihren Untergang bestimmten. Bisweilen glaubte er, schon ganz nahe daran zu sein, ein einheitliches und harmonisches System zu entdecken, das all den unzähligen Mißgestaltungen und Mißklängen zugrunde lag, doch kein Modell konnte es mit dem des Schachspiels aufnehmen. Statt sich den Kopf zu zerbrechen, wie man mit dem dürftigen Hilfsmittel der Elfenbeinfiguren Bilder hervorrufen konnte, die wie auch immer der Vergessenheit anheimgegeben waren, genügte es vielleicht, eine regelrechte Partie zu spielen und jeden aufeinanderfolgenden Stand des Schachspiels als eine der unzähligen Formen zu betrachten, die das Formensystem herstellt und vernichtet.

Jetzt brauchte Kublai Khan Marco nicht mehr auf weite Expeditionen auszuschicken: Er behielt ihn da, um endlose Schachpartien mit ihm zu spielen. Die Kenntnisse des Imperiums lagen in der Zeichnung verborgen, die sich ergab aus den Quersprüngen des Pferdes, den Diagonalschneisen für die Einfälle des Läufers, dem schlurfenden und mißtrauischen Schritt des Königs wie des demütigen Bauern, den unerbittlichen Alternativen einer jeden Partie.

Der Groß-Khan versuchte, sich in das Spiel hineinzuversetzen; aber jetzt war es das Warum des Spiels, das ihm entging. Zweck jeder Partie ist ein Gewinn oder ein Verlust: doch wessen? Was war der wirkliche Einsatz? Beim Schachmatt verbleibt unter dem durch Siegerhand weggewischten König ein schwarzes oder weißes Feld. Bei aller Entstofflichung seiner Eroberungen, um sie auf ihr Wesen zurückzuführen, war Kublai zur äußersten Operation gelangt: Die endgültige Eroberung, wovon die vielgestalten Schätze des Imperiums nichts anderes als illusorische Hüllen waren, beschränkte sich auf ein gehobeltes Holzplättchen: das Nichts …

DIE STÄDTE UND DER NAME

5

Irene ist die Stadt, die man sieht, wenn man sich am Rande des Hochplateaus zu der Stunde vorbeugt, da die Lichter angehen und man in der klaren Luft dort unten das Gebinde der Wohnhäuser erkennt: wo es die Fenster am dichtesten hat, wo es sich in kaum beleuchtete Sträßchen auflockert, wo es die Schatten von Gärten versammelt, wo es die Türme mit den Leuchtfeuern emporreckt; und ist der Abend voller Nebel, bläht sich eine unbestimmte Helligkeit wie ein milchiger Schwamm zu Füßen der Bergrinnen.

Die Reisenden auf dem Hochplateau, die Hirten, die ihre Herden vorbeitreiben, die Vogelsteller, die auf ihre Netze achten, die Einsiedler, die Zichorien pflücken, sie alle blicken nach unten und reden von Irene. Zuweilen bringt der Wind eine Musik von Pauken und Trompeten, das Lärmen von Knallfröschen während einer Festbeleuchtung; zuweilen auch ein MG-Rattern, das Explodieren einer Munitionsfabrik in einem Himmel, gelb von Feuersbrünsten, die der Bürgerkrieg gelegt. Die von dort oben zusehen, stellen Mutmaßungen an, was wohl in der Stadt vorgeht, fragen sich, ob es schön oder häßlich wäre, an diesem Abend in Irene sein. Nicht daß sie die Absicht hätten hinunterzugehen – und die Wege, die ins Tal hinunterführen, sind ja schlecht –, aber Irene zieht wie ein Magnet die Blicke und die Gedanken derer an, die dort oben stehen.

Hier nun wartet Kublai Khan darauf, daß ihm Marco erzählt, wie Irene innen aussieht. Und Marco kann es nicht: Welche Stadt das ist, die von den Leuten auf dem Hochplateau Irene genannt wird, konnte er nicht in Erfahrung bringen; im übrigen hat es kaum Bedeutung: Sähe man die Stadt von innen, so wäre sie eine andere; Irene ist der Name für eine Stadt aus der Ferne, und nähert man sich ihr, so wird sie eine andere.

Eins ist die Stadt für den, der vorbeikommt und nicht in sie hineingeht, ein anderes für den, der von ihr ergriffen wird und nicht aus ihr hinausgeht; eins ist die Stadt, in die man zum erstenmal kommt, ein anderes ist die, die man verläßt, um nicht zurückzukehren; jeder gebührt ein anderer Name; vielleicht habe ich von Irene schon unter verschiedenen Namen gesprochen; vielleicht habe ich überhaupt nur von Irene gesprochen.

DIE STÄDTE UND DIE TOTEN

4

Was Argia von den anderen Städten unterscheidet, ist der Umstand, daß es an Stelle der Luft Erde hat. Die Straßen befinden sich ganz in der Erde, die Zimmer sind bis zur Decke mit Lehm angefüllt, auf die Treppen legt sich eine andere Treppe im Negativ, über den Hausdächern lasten steinige Erdschichten wie Himmel mit Wolken. Ob die Einwohner einhergehen können, weil sie die Gänge der Würmer und die Spalten verbreitern, in die sich die Wurzeln drängen, wissen wir nicht: Die Feuchtigkeit zehrt die Körper aus und läßt ihnen nur wenig Kräfte; es ist besser für sie, wenn sie ruhig und ausgestreckt liegenbleiben, ist es doch ohnehin dunkel.

Von Argia sieht man hier oben nichts; einige sagen: »Da unten liegt es«, und das kann man nur glauben; die Gegend ist einsam. Nachts, wenn man sein Ohr an die Erde legt, hört man bisweilen eine Tür, die zuschlägt.

DIE STÄDTE UND DER HIMMEL

3

Kommt einer nach Tecla, so sieht er wenig von der Stadt hinter Bretterzäunen, Abdeckungen aus Sackleinwand, Verschalungen, Metallgerüsten, Baubrettern an Seilen oder auf Böcken, Leitern, Drahtgeflechten. Auf die Frage: »Warum dauert der Bau Teclas so lange?« antworten sie und lassen dabei nicht ab, Eimer in die Höhe zu hieven, mit Senkbleien zu loten, mit langen Pinseln hinauf- und hinunterzufahren: »Damit nicht die Zerstörung beginnt.« Und gefragt, ob sie denn fürchten, daß die Stadt gleich nach der Abnahme der Gerüste zerfalle und in Stücke gehe, fügen sie rasch und leise hinzu: »Nicht nur die Stadt.«

Blickt einer, nicht zufrieden mit diesen Antworten, durch einen Spalt im Bretterzaun, so sieht er Kräne, die andere Kräne hochziehen, Verschalungen, die andere Verschalungen umschließen, Balken, die andere Balken stützen. »Was für einen Sinn hat euer

Bauen?« fragt er. »Was ist der Zweck einer im Bau befindlichen Stadt, wenn nicht eine Stadt? Wo ist der Plan, nach dem ihr euch richtet, das Projekt?«

»Wir zeigen es dir, wenn der Arbeitstag vorüber ist; jetzt können wir hier nicht unterbrechen«, antworten sie.

Die Arbeit hört bei Sonnenuntergang auf. Die Nacht ist sternenklar. »Da ist das Projekt«, sagen sie.

DIE ANDAUERNDEN STÄDTE

2

Hätte ich bei der Landung in Trude nicht mit großen Buchstaben den Namen der Stadt gelesen, ich hätte geglaubt, auf demselben Flughafen angekommen zu sein, von dem ich abgeflogen war. Die Vororte, durch die sie mich fahren ließen, waren nicht anders als die andern, die gleichen gelblichen und grünlichen Häuser. Den gleichen Hinweisschildern folgend, umfuhr man die gleichen Anlagen der gleichen Plätze. Die Straßen im Zentrum stellten Waren, Verpakkungen, Schilder zur Schau, die in nichts anders waren.

Es war das erste Mal, daß ich nach Trude kam, aber schon kannte ich das Hotel, in das ich geriet; meine Gespräche mit Käufern und Verkäufern von Schrott hatte ich bereits gehört und gesagt; schon andere, ganz gleiche Tage waren mit dem Blick durch die gleichen Trinkgläser auf die gleichen wabbelnden Bäuche zu Ende gegangen.

Warum überhaupt nach Trude kommen? fragte ich mich. Und wollte schon wieder abreisen.

»Du kannst abfliegen, wann du willst«, wurde mir gesagt, »aber du wirst zu einem anderen Trude kommen, das Punkt für Punkt gleich ist, die Welt ist überdeckt von einem einzigen Trude, das nicht anfängt und nicht aufhört, nur am Flughafen den Namen wechselt.«

DIE VERBORGENEN STÄDTE

1

Wer nach Olinda mit einer Lupe kommt und sorgfältig sucht, kann irgendwo einen Punkt finden, nicht größer als ein Stecknadelkopf, in dem man, wenn man ihn nur ein wenig vergrößert betrachtet, Dächer, Antennen, Lichtschächte, Gärten, Brunnen, Fußgängerstreifen auf den Straßen, Kioske auf den Plätzen, die Pferderennbahn erkennt. Dieser Punkt bleibt nicht so: Nach einem Jahr sieht man ihn so groß wie eine halbe Zitrone, dann wie ein Steinpilz, dann wie ein Suppenteller. Und nun wird er eine Stadt von natürlicher Größe, eingeschlossen in die Stadt von vorher: eine neue Stadt, die sich mitten in der Stadt von vorher ausweitet und diese nach außen drängt.

Olinda ist wahrlich nicht die einzige Stadt, die in konzentrischen Kreisen wie ein Baumstamm wächst, der jedes Jahr einen Ring zunimmt. Doch in anderen Städten bleibt in der Mitte der alte, ganz enge

Mauerring bestehen, aus dem die vertrockneten Türme, Glockentürme, Ziegeldächer, Kuppeln herausragen, während die neuen Stadtteile sich ringsum blähen wie ein Bauch aus einem geöffneten Gürtel heraus. Nicht in Olinda: Die alten Mauern dehnen sich aus und nehmen die unter Beibehaltung der Proportionen auf einen weiteren Horizont vergrößerten alten Stadtteile an die Grenzen der Stadt mit; sie umfassen die nicht ganz so alten Stadtteile, die gleichfalls an Durchmesser zugenommen haben und dünner geworden sind, um den jüngeren Platz zu machen, die von innen drücken; und so fort bis zum Herzen der Stadt: einem ganz neuen Olinda, das in seinen verkleinerten Dimensionen Aussehen und Pulsschlag des ersten Olinda und aller Olindas bewahrt, die eins aus dem andern gewachsen sind; und mitten in diesem innersten Kreis keimen schon – doch ist es schwierig, sie zu unterscheiden – das kommende Olinda und jene, die in der Nachfolge wachsen werden.

... Der Groß-Khan versuchte, sich in das Spiel hineinzuversetzen; aber jetzt war es das Warum des Spiels, das ihm entging. Zweck jeder Partie ist ein Gewinn oder Verlust: doch wessen? Was war der wirkliche Einsatz? Beim Schachmatt bleibt unter dem durch Siegerhand weggewischten König das Nichts: ein schwarzes oder weißes Feld. Bei aller Entstofflichung seiner Eroberungen, um sie auf ihr Wesen zurückzuführen, war Kublai Khan zur äußersten Operation gelangt: Die endgültige Eroberung, wovon die vielgestalten Schätze des Imperiums nichts anderes als illusorische Hüllen waren, beschränkte sich auf ein gehobeltes Holzplättchen.

Da sprach Marco Polo: »Dein Schachbrett, Sire, ist eine Einlegearbeit aus zwei Holzarten: Ebenholz und Ahorn. Das Plättchen, auf dem dein erleuchteter Blick verweilt, wurde aus einer Schicht des Stammes gesägt, die in einem Jahr der Trockenheit gewachsen war: Siehst du, wie die Fasern verlaufen? Hier erkennt man ein gerade angedeutetes Knötchen: Eine Knospe wollte an einem Vorfrühlingstag aufbrechen, doch der nächtliche Rauhreif zwang sie zum Aufgeben.« Der Groß-Khan war sich bislang nicht bewußt geworden, daß sich der Fremde fließend in seiner Sprache auszudrücken vermochte, aber nicht dies war es, was ihn in Erstaunen versetzte. »Da ist eine größere Pore; vielleicht war hier das Nest einer Larve; nicht eines Holzwurms, denn der hätte gleich nach seiner Geburt in einem fort gebohrt, sondern einer Raupe, die die Blätter abnagte und der Grund dafür war, daß man den Baum zum Fällen be-

stimmte ... Hier bei dieser Kante hat der Ebenist den Hohlmeißel angesetzt, damit sie sich der überstehenden des Nachbarfeldes anpaßte ...«

Die Menge von Dingen, die man auf einem Stückchen glatten und leeren Holzes lesen konnte, überwältigte Kublai; schon sprach Polo von den Ebenholzwäldern, den Flößen aus Baumstämmen, die die Flüsse hinuntertreiben, den Landestellen, den Frauen an den Fenstern ...

IX

Der Groß-Khan besitzt einen Atlas, in dem alle Städte des Imperiums und der umliegenden Königreiche Palast um Palast und Straße um Straße, mit Mauern, Flüssen, Brücken, Häfen, Dämmen eingezeichnet sind. Er weiß, daß es vergeblich ist, von Marco Polos Berichten genauere Angaben über jene Orte zu erwarten, die er im übrigen gut kennt, wie Kambaluk, die Hauptstadt Chinas, wo sich drei quadratische Städte eine in der anderen befinden und eine jede vier Tempel und vier Tore hat, die sich mit den Jahreszeiten öffnen; wie die Insel Java, wo das Rhinozeros mit dem todbringenden Horn wütet; wie die Küsten Maabars, wo die Perlen auf dem Grund des Meeres gefischt werden.

Kublai fragt Marco: »Wenn du heimkehrst gen Sonnenuntergang, wirst du dann deinen Leuten dieselben Geschichten erzählen, die du mir erzählst?«

»Ich rede und rede«, sagt Marco, »doch wer mir zuhört, behält nur die Worte, die er erwartet. Eins ist die Beschreibung der Welt, der du dein geneigtes Ohr leihst, ein anderes ist jene, die am Tag meiner Rückkehr bei den Gruppen von Schauerleuten und Gondolieri auf den heimatlichen Kanalufern die Runde machen wird, wieder ein anderes jene, die ich im späten Alter diktieren könnte, würden mich genuesische Piraten gefangennehmen und zusammen mit einem Schreiber von Abenteuerromanen in ein Verlies stecken. Wer der Erzählung gebietet, ist nicht die Stimme: Es ist das Ohr.«

»Manchmal ist mir so, als käme mir deine Stimme

von weit her, während ich Gefangener einer aufdringlichen, nicht zu lebenden Gegenwart bin, wo alle Formen menschlichen Zusammenlebens einen extremen Punkt in ihrem Zyklus erreicht haben und man sich nicht vorstellen kann, zu welchen neuen Formen sie kommen werden. Und aus deiner Stimme höre ich die unsichtbaren Beweggründe, aus denen die Städte gelebt haben und nach ihrem Tode vielleicht wiederum leben werden.«

Der Groß-Khan besitzt einen Atlas, dessen Zeichnungen den Erdball in seiner Gesamtheit wie Kontinent für Kontinent, die Grenzen der entferntesten Reiche, die Schiffsrouten, die Umrisse der Küsten, die Stadtpläne der berühmtesten Hauptstädte und der reichsten Häfen wiedergeben. Er blättert ihn vor Marcos Augen durch, um seine Kenntnis auf die Probe zu stellen. Der Reisende erkennt Konstantinopel in der Stadt, die von drei Ufern aus eine lange Meerenge, einen schmalen Golf und ein abgeschlossenes Meer krönt; er erinnert sich, daß Jerusalem auf zwei ungleich hohe und einander gegenüberliegende Hügel gebaut ist; er zögert nicht, Samarkand und seine Gärten zu bezeichnen.

Bei anderen Städten greift er auf Beschreibungen zurück, die von Mund zu Mund überliefert sind, oder versucht sie auf Grund spärlicher Indizien zu erraten: so Granada, die irisfarbene Perle der Kalifen, Lübeck, den schmucken nordischen Hafen, Timbuktu, das von Ebenholz schwarze und von Elfenbein weiße, Paris, wo Millionen Menschen täglich mit einer

Stange Brot in der Hand nach Hause kommen. Mit kolorierten Miniaturen zeigt der Atlas bewohnte Gegenden ungewohnter Art: Eine in einer Wüstenmulde verborgene Oase, aus der nur die Palmenspitzen herausschauen, ist mit Sicherheit Nefta; ein Kastell zwischen Wanderdünen und Kühen, die auf den durch die Fluten salzig gewordenen Wiesen weiden, muß an den Mont Saint-Michel erinnern; und nur Urbino kann ein Palast sein, der sich nicht innerhalb der Mauern einer Stadt erhebt, sondern eine Stadt in seinen Mauern birgt.

Der Atlas zeigt auch Städte, von denen weder Marco noch die Geographen wissen, ob und wo es sie gibt, die aber unter den Formen möglicher Städte nicht fehlen durften: ein Cuzco mit strahlenförmigem und vielteiligem Grundriß, der die vollkommene Ordnung der Wechselbeziehungen wiedergibt, ein grünendes Mexiko an einem See, der durch das Schloß Moctezumas beherrscht wird, ein Nowgorod mit seinen Zwiebeltürmen, ein Lhasa, das seine weißen Dächer über das Wolkendach der Welt erhebt. Auch für diese sagt Marco einen Namen, gleichgültig welchen, und erwähnt einen Weg, um hinzugelangen. Bekanntlich wechseln die Ortsnamen so viele Male, wie es fremde Sprachen gibt; und jeder Ort kann von anderen Orten auf den unterschiedlichsten Straßen und Wegen erreicht werden von einem, der reitet, rudert, fliegt.

»Mir scheint, du kennst die Städte im Atlas besser, als wenn du sie selbst besuchst«, sagt der Kaiser zu Marco und schlägt das Buch zu.

Und Polo: »Beim Reisen merkt man, daß sich die Unterschiede verlieren: Jede Stadt gleicht sich allen Städten an, die Orte tauschen miteinander Form, Anordnung, Entfernungen, ein formloser Staub überzieht die Kontinente. Dein Atlas bewahrt die Unterschiede makellos, jenes Sortiment von Eigenschaften, die wie die Buchstaben eines Namens sind.

Der Groß-Khan besitzt einen Atlas, in dem die Pläne aller Städte gesammelt sind: derer, die ihre Mauern auf festen Fundamenten erstehen lassen, derer, die in Trümmer fielen und vom Sand verschlungen wurden, derer, die es eines Tages einmal geben wird und an deren Stelle jetzt nur die Erdhöhlen der Hasen ihren Eingang haben.

Marco Polo blättert die Pläne durch, erkennt Jericho, Ur, Karthago, deutet auf die Anlegestellen an der Mündung des Skamandros, wo die achäischen Schiffe zehn Jahre lang auf die Wiedereinschiffung der Belagerer warteten, bis das von Odysseus zusammengebaute Pferd mit Winden durch die eisernen Tore gebracht worden war. Doch während er von Troja sprach, widerfuhr ihm, daß er diesem die Form Konstantinopels verlieh und Mohammeds monatelange Belagerung voraussah, der, ebenso schlau wie Odysseus, unter Umgehung von Pera und Galata die Schiffe nächtens vom Bosporus zum Goldnen Horn mit Seilen stromaufwärts ziehen lassen würde. Und aus der Vermengung dieser beiden Städte ergab sich eine dritte, die San Francisco heißen und ganz lange und leichte Brücken sich zum Goldenen Tor und zur Bucht erstrecken und Zahnradbahnen über Straßen klettern lassen könnte, die ganz Steigung sind, und als Kapitale des Pazifiks von hier und heute in tausend Jahren erblühen könnte, und dies nach einer langen dreihundertjährigen Belagerung, die dazu führen würde, daß sich die gelbe und die schwarze und die rote Rasse mit den noch vorhandenen Nachfahren der Weißen vermischen würden in einem noch ausgedehnteren Imperium als dem des Groß-Khans.

Der Atlas hat diese Eigenschaft: Er zeigt die Form der Städte auf, die noch keine Form und keinen Namen haben. Da ist die Stadt mit der Form von Amsterdam, ein nach Norden gewandter Halbkreis mit den konzentrischen Kanälen: der Fürsten, des Kaisers, der Herren; da ist die Stadt mit der Form von York, mitten im hohen Heideland, eingemauert, mit Türmen gespickt; da ist die Stadt mit der Form von Neu Amsterdam, auch New York genannt, vollgestopft mit Türmen aus Glas und Stahl, auf einer langgestreckten Insel zwischen zwei Flüssen und mit Straßen wie tiefe schnurgerade Kanäle, ausgenommen der Broadway.

Der Katalog der Formen ist endlos: Solange nicht jede Form ihre Stadt gefunden hat, werden immerfort neue Städte entstehen. Wo die Formen ihre Variationen erschöpfen und sich auflösen, setzt das Ende der Städte ein. Auf den letzten Karten des Atlas verschwammen Raster ohne Anfang und Ende, Städte mit der Form von Los Angeles, Kyoto-Osaka, formlos.

DIE STÄDTE UND DIE TOTEN

5

Jede Stadt, wie Laudomia, hat neben sich eine andere Stadt, deren Bewohner ebenso heißen: Es ist das Laudomia der Toten, der Friedhof. Doch ist es Laudomias besondere Eigenschaft, nicht nur doppelt, sondern dreifach zu sein, das heißt ein drittes Laudomia mit einzuschließen, das der noch nicht Geborenen.

Bekannt sind die Eigenarten der doppelten Stadt. Je mehr sich das Laudomia der Lebenden bevölkert und ausbreitet, desto größer wird die Fläche der Gräber vor den Mauern. Die Straßen im Laudomia der Toten sind gerade breit genug, daß der Karren des Totengräbers durchkann, und an ihren Rändern stehen Häuser ohne Fenster; doch die Anordnung der Straßen und Wohnstätten wiederholt diejenige des lebendigen Laudomia, und wie in jenem wohnen die Familien immer dichter beieinander in engen, übereinanderliegenden Löchern. Nachmittags bei schönem Wetter macht die lebende Bevölkerung bei den Toten Besuch und entziffert ihre eigenen Namen auf deren Steinplatten: Ähnlich wie die Stadt der Lebenden vermittelt auch diese eine Geschichte von Mühen, Ärgernissen, Illusionen, Gefühlen; nur daß hier alles notwendig geworden, dem Zufall entzogen, in Fächer gebracht und geordnet ist. Und um sich sicher zu fühlen, muß das Laudomia der Toten die Erklärung seiner selbst suchen, auch auf die Gefahr hin, entweder mehr oder weniger zu bekommen: Erklärungen für mehr als ein Laudomia, für andersgeartete Städte, die hätten sein können und nicht gewesen sind, oder halbe, widersprüchliche, enttäuschende Begründungen.

Mit Recht weist Laudomia einen ebenso ausgedehnten Aufenthaltsort auch denen zu, die erst noch geboren werden müssen; freilich steht der Platz in keinem Verhältnis zu ihrer Zahl, die auf unendlich geschätzt wird, aber da es sich um einen leeren Ort handelt von einer Architektur nur aus Nischen und Einbuchtungen und Rillen umschlossen, und da man den Ungeborenen eine beliebige Dimension geben, sie sich groß wie Mäuse oder Seidenraupen oder Ameisen oder Ameiseneier denken kann, gibt es keinen Hinderungsgrund, sie sich aufrecht oder kauernd auf jedem Gegenstand oder Sims, der aus den Wänden hervorsteht, auf jedem Kapitell oder Sockel aufgereiht oder vereinzelt vorzustellen, in die Aufgaben ihrer künftigen Leben versunken und in einer Vertiefung des Marmors das ganze Laudomia auf hundert oder tausend Jahre hinaus betrachtend, das angefüllt ist mit Menschenmengen in nie gesehenen Aufmachungen, beispielsweise alle in auberginefarbenem Barrakan oder alle mit Truthahnfedern am Turban, und darin die eigenen Nachkommen und die der verbündeten und verfeindeten Geschlechter, der Schuldner und Gläubiger erkennend, wie sie kommen und gehen, Handel und Wandel, Racheakte, Verlobungen aus Liebe oder Berechnung verewigen. Die Lebenden Laudomias besuchen die Wohnung der Ungeborenen und befragen sie; die Schritte hallen in den leeren Gewölben; die Fragen werden stumm formuliert; und immer nach sich selbst fragen die Lebenden und nicht nach denen, die kommen werden; der eine sorgt sich, ein hehres Andenken seiner selbst zu hinterlassen, ein anderer, seinen Schimpf vergessen zu machen; alle möchten sie den Faden ihrer Handlungen bis in die Konsequenzen hinein verfolgen; doch je angestrengter sie hinsehen, um so weniger können sie eine kontinuierliche Spur erkennen; Laudomias erst noch geboren Werdende haben ein punktförmiges Aussehen wie Staubkörnchen, sind getrennt vom Vorher und vom Nachher.

Das Laudomia der Ungeborenen vermittelt dem lebenden Laudomia nicht irgendeine Sicherheit wie das der Toten, sondern Bestürzung. Den Gedanken der Besucher tun sich schließlich zwei Wege auf, und man weiß nicht, welcher von ihnen mehr Entsetzen birgt: Entweder man denkt, daß die Zahl der noch geboren Werdenden bei weitem die aller Lebenden und aller Toten übersteigt, und dann drängen sich in jeder Steinpore unsichtbare Mengen, zusammengepfercht auf dem Gefälle des Trichters wie auf den Stufen eines Stadions, und weil sich mit jeder Generation die Nachkommenschaft von Laudomia multipliziert, öffnen sich aus jedem Trichter Hunderte von Trichtern, jeder mit Millionen von Menschen, die noch geboren werden müssen und die die Hälse recken und ihre Münder öffnen, um nicht zu ersticken; oder man denkt, daß auch Laudomia, man weiß nicht wann, untergehen wird mit allen seinen Einwohnern, daß also die Generationen aufeinander folgen werden, bis eine bestimmte Anzahl erreicht ist, und dann nicht weiter, und das Laudomia der Toten und das der Ungeborenen dann wie die beiden Ampullenhälften einer Sanduhr sind, die nicht umgedreht wird, jeder Übergang von der Geburt zum Tode wie ein Sandkörnchen ist, das durch die Enge kommt, und es einen letzten Einwohner Laudomias gibt, der noch geboren wird, ein letztes Körnchen, das fallen wird und jetzt oben auf dem Häufchen ist und wartet.

DIE STÄDTE UND DER HIMMEL

4

Dazu berufen, die Anweisungen für Perinzias Gründung zu erlassen, bestimmten die Astronomen Ort und Tag nach der Stellung der Gestirne, zogen über Kreuz die Linien des Decumanus und des Cardus, die eine nach der Sonnenbahn orientiert, die andere nach der Achse, um die sich die Himmel bewegen, unterteilten die Grundfläche den zwölf Häusern des Tierkreises entsprechend, so daß jeder Tempel und jeder Stadtteil den rechten Einfluß günstiger Konstellationen erhielt, bezeichneten die Punkte, wo in den Mauern Tore geöffnet werden sollten in der Vorausschau, daß ein jedes innerhalb der kommenden tausend Jahre eine Mondfinsternis umrahmen würde. Perinzia – versicherten sie – würde die Harmonie des Firmaments widerspiegeln; die Ratio der Natur und die Gnade der Götter würden den Geschicken der Einwohner Form geben.

Genau nach den Berechnungen der Astronomen

wurde Perinzia errichtet; verschiedene Völkerschaften kamen und besiedelten es; die erste Generation der in Perinzia Geborenen wuchs in seinen Mauern heran; und auch sie kamen in das Alter, zu heiraten und Kinder zu haben.

Auf Perinzias Straßen und Plätzen begegnest du heute Krüppeln, Zwergen, Buckligen, krankhaft Aufgedunsenen, bärtigen Frauen. Aber das Schlimmste sieht man nicht; kehlige Schreie dringen aus Kellern und Speichern, wo die Familien ihre Kinder mit drei Köpfen und sechs Beinen verstecken.

Perinzias Astronomen sehen sich vor eine schwierige Wahl gestellt: entweder einzugestehen, daß alle ihre Berechnungen falsch waren und ihre Zahlen den Himmel nicht darstellen können, oder kundzutun, daß die Ordnung der Götter eben die ist, die sich in der Stadt der Ungeheuer widerspiegelt.

DIE ANDAUERNDEN STÄDTE

3

Jedes Jahr während meiner Reisen mache ich in Procopia halt und beziehe dasselbe Zimmer im selben Gasthof. Schon beim erstenmal habe ich mich hingestellt und die Aussicht betrachtet, die man haben kann, wenn man den Fenstervorhang beiseite schiebt: ein Graben, eine Brücke, ein Mäuerchen, ein Vogelbeerbaum, ein Maisfeld mit den Kolben, ein dorniger Busch mit Brombeeren, ein Hühnerhof, ein gelber Hügelrücken, eine weiße Wolke, ein trapezförmiges Stück blauen Himmels. Ich bin sicher, daß beim erstenmal niemand zu sehen war; es war erst im Jahr danach, daß ich wegen einer Bewegung in den Blättern ein rundes, flaches Gesicht erkennen konnte, das an einem Maiskolben knabberte. Nach einem Jahr waren es drei auf dem Mäuerchen, und bei meiner Wiederkehr sah ich sechs nebeneinander in einer Reihe sitzen, die Hände auf den Knien und ein paar Vogelbeeren in einem Teller. Jedes Jahr hob ich nun, kaum daß ich in meinem Zimmer war, die Gardine und zählte einige Gesichter mehr: sechzehn mit denen unten im Graben; neunundzwanzig, wovon acht auf dem Vogelbeerbaum hockten; siebenundvierzig, ohne die im Hühnerhof mitzuzählen. Sie gleichen sich, sehen freundlich aus, haben Sommersprossen auf den Wangen und lächeln, einige mit brombeerverschmiertem Mund. Bald sah ich die ganze Brücke voller Typen mit rundem Gesicht, zusammengekauert, weil sie keinen Platz mehr hatten, um sich zu rühren; sie knabberten Maiskolben, nagten dann die Strünke ab.

So sah ich, ein Jahr nach dem andern, wie der Graben verschwand, der Baum, der Brombeerstrauch, versteckt unter einem Dickicht ruhigen Lächelns, zwischen Pausbacken, die sich Blätter kauend bewegten. Man kann sich gar nicht vorstellen, wie viele Leute auf einem so beschränkten Raum wie jenem winzigen Maisfeld Platz haben, insbesondere wenn sie regungslos dasitzen, die Arme um die Knie verschränkt. Es müssen viel mehr sein, als es den Anschein hat: Ich sah, daß sich der Hügelrücken mit einer immer dichteren Menschenmenge bedeckte; doch seitdem die auf der Brücke sich angewöhnt haben, rittlings einer auf des andern Schulter zu sitzen, kann ich meinen Blick nicht mehr gar so weit ausschicken.

Und dieses Jahr schließlich, wenn ich die Gardine hebe, umrahmt das Fenster eine einzige Fläche von Gesichtern; von der einen Ecke bis zur andern, auf jeder Ebene und in jeder Entfernung sieht man diese runden, regungslosen, ganz flachen Gesichter mit einem Anflug von Lächeln und mittendrin viele Hände, die sich an den Schultern der Davorstehenden festhalten. Der Himmel ist auch verschwunden. Da kann ich geradesogut vom Fenster zurücktreten.

Nicht etwa, daß mir meine Bewegungen leichtfielen. In meinem Zimmer sind wir zu sechsundzwanzig untergebracht; um meine Füße zu rühren, muß ich die belästigen, die auf dem Fußboden hocken, ich dränge mich zwischen den Knien derer hindurch, die auf der Kommode sitzen, und den Ellenbogen derer, die sich abwechselnd ans Bett lehnen: lauter freundliche Personen, zum Glück.

DIE VERBORGENEN STÄDTE

2

Glücklich ist es nicht, das Leben in Raissa. Die Menschen auf den Straßen ringen die Hände, schimpfen auf die weinenden Kinder, stützen sich an die Geländer am Fluß, die Schläfen zwischen den Fäusten, erwachen morgens aus einem üblen Traum und beginnen einen neuen. Bei den Arbeitsbänken, wo man sich alle Augenblicke den Hammer auf die Finger schlägt oder mit der Nadel sticht, oder bei den völlig schiefen Zahlenkolonnen in den Registern der Kaufleute und Bankiers oder bei den leeren Gläserreihen auf den Tresen der Kneipen ist es nur gut, daß dich die gesenkten Köpfe vor scheelen Blicken bewahren. Drinnen in den Wohnungen ist es noch schlimmer, und man braucht gar nicht erst hineinzugehen, um es zu erfahren: Sommers schallt es durch die Fenster von Streit und zerschlagenem Geschirr.

Und doch gibt es in Raissa jeden Augenblick ein Kind, das aus einem Fenster hinaus einem Hund zulacht, der auf einen Schuppen gesprungen ist, um ein Stück Polenta zu erhaschen, das einem Maurer oben vom Gerüst heruntergefallen ist, als er »Laß mich eintunken, Schätzchen!« einer jungen Wirtin zurief, die unter der Pergola eine Platte mit Ragout in die Höhe hält, glücklich, sie einem Schirmmacher vorzusetzen, der einen guten Geschäftsabschluß begeht, ein Sonnenschirm mit weißen Spitzen, erworben von einer feinen Dame, um sich bei dem Pferderennen zu produzieren, verliebt wie sie ist in einen Offizier, der ihr beim Sprung über die letzte Hecke ein Lächeln schenkte, glücklich er, aber noch glücklicher sein Pferd, das über die Hindernisse flog und dabei ein Haselhuhn zum Himmel auffliegen sah, glücklicher Vogel, aus seinem Käfig von einem Maler befreit, der glücklich war, ihn Feder um Feder rot und gelb getupft bei der Miniatur auf jener Seite des Buches wiedergegeben zu haben, wo der Philosoph spricht: »Auch durch Raissa, die traurige Stadt, zieht sich ein unsichtbarer Faden, der ein Lebewesen mit einem andern für einen Augenblick verbindet und sich ablöst, um sich wieder zwischen zwei bewegenden Punkten zu spannen und neue schnelle Figuren zu zeichnen, so daß in jeder Sekunde die unglückliche Stadt eine glückliche Stadt enthält, die nicht einmal weiß, daß es sie gibt.«

DIE STÄDTE UND DER HIMMEL

5

Mit solcher Kunst wurde Andria erbaut, daß jeder Straßenzug der Bahn eines Planeten folgt und Gebäude und Orte des gemeinsamen Lebens den Aufbau der Konstellationen und die Position der leuchtenden Sterne wiederholen: Antares, Alpheraz, Capella, die Cepheiden. Der Kalender der Stadt ist so geordnet, daß Arbeiten und Ämter und Zeremonien auf einer Karte niedergelegt sind, die dem Firmament zum jeweiligen Datum entspricht: So spiegeln sich die Tage auf Erden und die Nächte am Himmel.

Auch verläuft durch eine peinlich genaue Reglementierung das städtische Leben so ruhig wie die Bewegungen der Himmelskörper und erhält die Zwangsläufigkeit von Phänomenen, die menschlichem Ermessen nicht unterworfen sind. Voller Lob für ihr eifriges Produzieren und ihre Muße des Geistes fühlte ich mich gedrängt, zu Andrias Bürgern zu sagen: »Wohl verstehe ich, daß ihre euch als Teil eines unveränderbaren Himmels und Räder eines peinlich genauen Uhrwerks fühlt und euch davor hütet, eure Stadt und eure Gepflogenheiten auch nur im mindesten zu ändern. Andria ist die einzige mir bekannte Stadt, der es zukommt, in der Zeit stillzustehen.«

Sie sahen einander verblüfft an. »Aber wieso denn? Wer hat denn so etwas gesagt?« Und sie ließen mich eine kürzlich dem Verkehr übergebene hängende Straße über einem Bambuswald, ein im Bau befindliches Theater der Schattenspiele an der Stelle des gemeindlichen Hundezwingers, der jetzt in die Pavillons des wegen Gesundung der letzten Pestkranken aufgelassenen alten Spitals gekommen ist, einen – eben erst eingeweihten – Flußhafen, eine Thalesstatue, einen Toboggan besichtigen.

»Und diese Neuerungen behindern nicht den Astralrhythmus eurer Stadt?« fragte ich.

»So vollkommen ist die Korrespondenz zwischen unserer Stadt und dem Himmel«, antworteten sie, »daß jede Veränderung Andrias irgendeine Neuheit bei den Sternen bedingt.« Nach jeder Veränderung in Andria forschen die Astronomen mit ihren Teleskopen und melden die Explosion einer Nova oder den Farbwechsel von Orange zu Gelb an einem abgelegenen Punkt des Firmaments, die Verbreiterung eines Nebels, die Krümmung einer Spirale in der Milchstraße. Jede Veränderung bedingt eine ganze Kette weiterer Veränderungen in Andria und bei den Sternen: Stadt wie Himmel bleiben nie gleich.

Vom Charakter der Einwohner Andrias verdienen

zwei Tugenden hervorgehoben zu werden: Selbstsicherheit und Umsicht. Davon überzeugt, daß jede Neuerung in der Stadt sich auf die Himmelsordnung auswirkt, berechnen sie vor einer jeden Entscheidung deren Risiken und Vorzüge für sich und für die Gesamtheit der Stadt und der Welten.

DIE ANDAUERNDEN STÄDTE

4

Du tadelst mich, weil jede meiner Erzählungen dich in eine Stadt gleich mitten hineinversetzt und dir nichts von dem Raum sagt, der sich zwischen der einen und der anderen Stadt ausbreitet: ob ihn Meere bedecken, Roggenfelder, Lärchenwälder, Sümpfe. Ich will dir mit einer Erzählung die Antwort geben.

Auf den Straßen Cecilias, einer berühmten Stadt, begegnete ich einst einem Ziegenhirten, der eine läutende Herde die Wände entlang trieb.

»Der Himmel segne dich, Mensch«, und er blieb stehen und fragte mich: »Kannst du mir den Namen der Stadt nennen, in der wir uns befinden?«

»Die Götter seien mit dir!« rief ich aus. »Wie kannst du nur die überaus berühmte Stadt Cecilia nicht erkennen?«

»Verzeih mir«, antwortete jener, »ich bin ein Hirte beim Viehabtrieb. Zuweilen trifft es sich, daß ich und meine Ziegen durch Städte müssen; aber wir können sie nicht unterscheiden. Frage mich, wie die Weiden heißen, ich kenne sie alle: die Felswiese, den Grünen Hang, das Schattengras. Die Städte haben für mich keinen Namen, es sind Gegenden ohne Blätter, die ein Weideland vom andern trennen und wo die Ziegen an den Kreuzungen schrecken und auseinanderlaufen. Ich und mein Hund, wir müssen rennen, um die Herde zusammenzuhalten.«

»Anders als du«, versicherte ich, »erkenne ich nur die Städte und unterscheide nicht, was draußen ist. In unbewohnten Gegenden verwechseln meine Augen jeden Stein und jedes Gras mit jedem Stein und jedem Gras.«

Danach vergingen viele Jahre; ich lernte viele Städte kennen und durchquerte Kontinente. Eines Tages lief ich zwischen den Ecken lauter gleicher Häuser: Ich hatte mich verirrt. Ich fragte einen Passanten: »Die Unsterblichen mögen dich beschützen, kannst du mir sagen, wo wir uns befinden?«

»In Cecilia, wär's doch nicht wahr!« antwortete er mir. »Wie lange laufen wir jetzt schon durch seine Straßen, ich und die Ziegen, und man kommt nicht mehr heraus ...«

Ich erkannte ihn wieder, trotz seines langen weißen Bartes: Er war der Hirte von damals. Ihm folgten einige wenige kahle Schafe, die nicht einmal mehr stanken, so sehr waren sie nur noch Haut und Knochen. Sie weideten Altpapier aus den Mülltonnen.

»Das kann doch nicht wahr sein!« rief ich aus. »Auch ich bin, ich weiß schon jetzt nicht mehr wann, in eine Stadt gekommen und seitdem auf ihren Straßen immer weitergegangen. Doch wie konnte ich dorthin gelangen, wo du sagst, da ich mich ja in einer anderen, von Cecilia ganz weit entfernten Stadt befand und noch gar nicht aus ihr herausgekommen bin?«

»Die Orte haben sich vermengt«, sagte der Ziegenhirt. »Cecilia ist überall; hier muß einmal die Wiese vom Niedrigen Salbei gewesen sein. Meine Ziegen kennen die Kräuter an der Verkehrskreuzung.«

DIE VERBORGENEN STÄDTE

3

Eine Sybille, über Marozias Schicksal befragt, sprach: »Ich sehe zwei Städte: eine der Ratte, eine der Schwalbe.«

Das Orakel wurde so ausgelegt: Marozia ist heute eine Stadt, wo alle durch bleierne Gänge laufen wie Scharen von Ratten und sich gegenseitig die Reste vom Maul wegschnappen, die den furchterregenden Ratten von den Zähnen gefallen sind; doch ist ein neues Jahrhundert im Kommen, wo alle in Marozia wie die Schwalben im Sommerhimmel fliegen, sich gleichsam spielerisch rufen, mit unbewegten Flügeln Volten schlagen, die Luft von Fliegen und Mücken säubern werden.

»Es wird Zeit, daß das Jahrhundert der Ratte aufhört und das der Schwalbe seinen Anfang nimmt«, sagten die Energischsten. Und tatsächlich spürte man schon, wie unter der finsteren und elenden Rattenherrschaft bei den nicht so in Sicht stehenden Leuten ein Aufschwung zu den Schwalben heranreifte, die sich mit geschicktem Schwanzschlag in die durchscheinende Luft erheben und mit dem Schnitt ihrer Flügel den Bogen eines sich weitenden Horizonts zeichnen.

Jahre später kehrte ich nach Marozia zurück; die Prophezeiung der Sybille gilt als lange schon verwirklicht; das alte Jahrhundert ist begraben; das neue ist auf seinem Höhepunkt. Gewiß, die Stadt hat sich verändert, und vielleicht zum Bessern. Doch die Flügel, die ich ringsum sah, sind die argwöhnischer Schirme, unter denen schwere Lider sich über die Blicke senken; Leute, die zu fliegen meinen, gibt es wohl, aber es ist schon viel, wenn sie sich, weite Fledermausmäntel schwenkend, vom Boden erheben.

Gehst du die kompakten Wände Marozias entlang, so kann es auch geschehen, wenn du am wenigsten darauf gefaßt bist, daß sich ein Spalt öffnet und eine andere Stadt zum Vorschein kommt, die im nächsten Augenblick wieder verschwunden ist. Vielleicht liegt alles nur daran zu wissen, welche Worte man sprechen und welche Bewegungen man in welcher Reihenfolge und welchem Rhythmus machen muß, oder es genügt ein Blick, eine Erwiderung, ein Nicken irgend jemandes, oder es genügt, daß jemand etwas nur um der Freude willen tut, damit seine Freude zur Freude des andern werde: In dem Augenblick verändern sich alle Räume, Höhen, Entfernungen, die Stadt verwandelt sich, wird kristallen, wird durchsichtig wie eine Libelle. Doch muß alles wie zufällig geschehen, man darf ihm nicht zuviel Bedeutung geben, sich nicht in den Kopf setzen, gerade eine entscheidende Handlung zu vollbringen, muß sich wohl vergegenwärtigen, daß von einem Augenblick zum andern das frühere Marozia wieder seine Decke aus Stein, Spinnweben und Schimmel über den Köpfen schließen wird.

Irrte das Orakel? Das kann man nicht sagen. Ich deute es auf diese Weise: Marozia besteht aus zwei Städten: der Rattenstadt und der Schwalbenstadt; beide ändern sich im Laufe der Zeit; doch ihr Verhältnis zueinander ändert sich nicht: Die zweite ist es, die im Begriffe steht, sich von der ersten zu befreien.

DIE ANDAUERNDEN STÄDTE

5

Um dir über Pentesilea zu berichten, müßte ich dir zunächst den Eingang in die Stadt beschreiben. Gewiß stellst du dir vor, wie du in der staubigen Ebene einen Mauerring sich erheben siehst, wie du dich Schritt um Schritt dem Tor näherst, bewacht von Zöllnern, die schon mißtrauisch auf deine Bündel blicken. Du bist noch draußen, solange du es nicht erreicht hast; du passierst einen Torbogen und bist in der Stadt; ihre festgefügte Dichte umgibt dich; in ihren Stein eingekerbt ist ein Plan, und er zeigt sich dir, wenn du seinem Verlaufe folgst, der ganz Kanten ist.

Glaubst du dies, so irrst du: In Pentesilea ist es anders. Stundenlang gehst du voran, und dir ist noch immer nicht klargeworden, ob du schon mitten in der Stadt oder noch draußen bist. Wie ein See mit flachem Ufer, der sich in Sumpfgebiete verliert, verläuft sich Pentesilea meilenweit ringsum zu einer Suppe von

Stadt, die sich in der Ebene verwässert: blasse Mietskasernen auf struppigen Wiesen, sich den Rücken zukehrend zwischen Bretterzäunen und Wellblechhütten. Hier und dort an den Straßenrändern scheint ein Zusammenrücken von Gebäuden mit schäbiger Fassade, wie ein ausgezahnter Kamm ganz hoch oder ganz niedrig, darauf hinzudeuten, daß sich von nun an die Maschen der Stadt verengen werden.

Doch du gehst weiter und begegnest nur wieder anderen unbestimmbaren Grundstücken, dann einem rostigen Vorort aus Werkstätten und Lagerschuppen, einem Friedhof, einem Jahrmarkt mit Karussells, einem Schlachthof, durchläufst eine Straße mit kümmerlichen Läden, die sich dann in Pfützen auf kahlem Land verliert.

Fragst du welche, denen du begegnest. »Nach Pentesilea?«, dann deuten sie ringsum, und du weißt nicht, ob es heißen soll: »Hier«, oder: »Weiter vorn«, oder auch: »Hier überall ringsum«, oder schließlich: »In der entgegengesetzten Richtung.«

»Die Stadt«, wiederholst du beharrlich.

»Wir kommen jeden Morgen zur Arbeit hierher«, antworten dir einige; und andere: »Wir kommen zum Schlafen zurück.«

»Aber die Stadt, wo man lebt?« fragst du.

»Das muß in der Richtung sein«, sagen sie; und einige strecken schräg ihren Arm einer Verschachtelung dunkler Polyeder am Horizont entgegen, während andere hinter sich auf das Spektrum anderer Häuserspitzen deuten.

»Demnach bin ich schon daran vorbeigegangen, ohne es gemerkt zu haben?«

»Nein, geh nur mal weiter.«

Also gehst du weiter, gelangst von einer Peripherie zur anderen, und es kommt die Stunde, Pentesilea zu verlassen. Du fragst, auf welchem Weg man aus der Stadt hinauskommt; wieder durchläufst du die Anreihung der Vorstädte, die sich wie ein milchiges Pigment verbreiten; es wird Nacht; die Fenster werden hell, hier vereinzelt, dort dichter zusammen.

Ob versteckt in irgendeiner Mulde oder Falte dieser ausgefransten Umgebung ein Pentesilea, von dem erkennbar und erinnerbar, der einmal dagewesen ist, oder ob Pentesilea nur Peripherie seiner selbst ist und sein Zentrum allerorts hat, das begreifen zu wollen hast du aufgegeben. Die Frage, die dir von jetzt an Kopfzerbrechen macht, ist beklemmender: Gibt es außerhalb von Pentesilea ein Außerhalb? Oder, wie sehr auch immer du dich von der Stadt entfernst, gerätst du da nicht nur von einem Limbus zum andern und findest gar nicht hinaus?

DIE VERBORGENEN STÄDTE

4

Wiederholte Überfälle suchten die Stadt Teodora in den Jahrhunderten ihrer Geschichte heim; war der eine Feind vertrieben, machte sich ein anderer stark und stellte das Überleben der Einwohner in Frage. War der Himmel frei von Kondoren, mußte dem Überhandnehmen von Schlangen begegnet werden; durch die Ausrottung der Spinnen vermehrten sich die Fliegen zu einem einzigen schwarzen Gewimmel; der Sieg über die Termiten überlieferte die Stadt den Holzwürmern. Eine nach der anderen mußten die mit der Stadt unversöhnlichen Arten unterliegen und starben aus. Bei all dem Zerschlagen von Schuppen und Panzern, Ausreißen von Flügeln und Federn gaben die Menschen Teodora das exklusive Aussehen einer menschlichen Stadt, das sie auch jetzt noch auszeichnet.

Doch es war zunächst lange Jahre hindurch ungewiß, ob der Endsieg nicht der Art zufallen würde, die noch als letzte übriggeblieben war, den Menschen die Stadt streitig zu machen: den Ratten. Die wenigen Überlebenden einer jeden Generation von Nagern, die von den Menschen vernichtet werden konnten, brachte eine noch widerstandsfähigere, durch Fallen unangreifbare und gegen jedes Gift immune Nachkommenschaft hervor. Binnen weniger Wochen breiteten sich in Teodoras Untergründen neuerliche Horden von Ratten aus. Schließlich hatte das todbringende und allseitige Talent der Menschen mit einer letzten Hekatombe doch den Sieg über die erdrückende Vitalität der Feinde errungen.

Die Stadt, ein großer Friedhof des Tierreichs, schloß sich aseptisch über den letzten begrabenen Leichen mit ihren letzten Flöhen und letzten Mikroben. Der Mensch hatte endlich die von ihm selbst gestörte Ordnung der Welt wiederhergestellt: Es gab nun keine andere lebende Spezies mehr, sie in Frage zu stellen. Als Erinnerung dessen, was die Fauna gewesen war, sollte die Bibliothek von Teodora die Werke von Buffon und Linnaeus verwahren.

So wenigstens glaubten die Einwohner von Teodora und ahnten nicht im mindesten, daß eine vergessene Fauna im Begriffe war, aus ihrer Lethargie zu erwachen. Während langer Zeitläufte, seit ihrer Entmachtung durch die nun ausgerotteten Arten in abgelegene Verstecke verbannt, kehrte nun die andere Fauna aus den Bibliothekskellern, wo die Inkunabeln aufbewahrt werden, ans Tageslicht zurück, sprang von den Kapitellen und Traufen, kauerte sich ans Kopfende der Schlafenden. Sphinxe, Greife, Chimären, Drachen, Bockhirsche, Harpyien, Hydren, Einhörner, Basilisken nahmen ihre Stadt wieder in Besitz.

DIE VERBORGENEN STÄDTE
5

Statt dir von Berenice, der ungerechten Stadt zu sprechen, die mit Triglyphen, Abaken, Metopen die Getriebe ihrer Fleischhackmaschinen krönt (heben die Fußbodenpfleger ihr Kinn über die Balustraden und betrachten Atrien, Freitreppen, Vorhöfe, dann fühlen sie sich noch mehr als Gefangene und noch kleiner an Gestalt), müßte ich dir von dem verborgenen Berenice sprechen, der Stadt der Gerechten, die mit Behelfsmaterialien in den Hinterräumen der Geschäfte und in Treppenverschlägen hantieren und ein Geflecht von Drähten und Rohren und Flaschenzügen und Gegengewichten zusammenknüpfen, das sich wie ein Schlinggewächs zwischen die großen Zahnräder schiebt (wenn diese ausfallen, wird ein leises Ticken darauf hindeuten, daß ein neuer exakter Mechanismus die Stadt beherrscht); statt dir die parfümierten Wasserbecken der Thermen zu schildern, vor denen die Ungerechten Berenices liegen und mit wohlgerundeter Beredsamkeit Intrigen spinnen und mit Besitzerblick die Fleischesrundungen der badenden Odalisken betrachten, müßte ich dir sagen, wie die Gerechten, stets auf der Hut, den Späherblikken der Sykophanten und den Razzien der Schergen zu entgehen, sich an ihrer Redeweise erkennen, insbesondere an der Betonung der Kommata und der Klammern; an ihren Gewändern, die sie in Strenge und Unschuld bewahren, komplizierte und finstere Gemütswallungen meiden; an ihrer einfachen, doch wohlschmeckenden Küche, die an ein uraltes goldenes Zeitalter erinnert: Suppe mit Reis und Sellerie, gekochte dicke Bohnen, gebratene Zucchini-Blüten.

Von diesen Gegebenheiten ist es möglich, ein Bild des zukünftigen Berenice abzuleiten, das dich an die Kenntnis der Wahrheit näher heranführt als jede andere Mitteilung über die Stadt, wie sie sich heute darbietet. Vorausgesetzt allerdings, du beachtest, was ich dir jetzt sage: Im Erbgut der Stadt der Gerechten verbirgt sich eine Saat des Bösen; Gewißheit und Stolz, im Rechten zu sein – und dies mehr als so viele andere, die sich gerechter denn gerecht nennen –, gären zu Ärgernissen, Rivalitäten, Racheakten, und der natürliche Wunsch, sich an den Ungerechten schadlos zu halten, färbt sich mit leidenschaftlichem Verlangen, ihre Stelle einzunehmen und desgleichen zu tun. Eine weitere ungerechte Stadt, wenn auch anders als die erste, gräbt sich also schon in die doppelte Hülle des ungerechten und gerechten Berenice.

Da ich nicht möchte, daß auf das Gesagte hin dein Auge ein entstelltes Bild erfaßt, muß ich deine Aufmerksamkeit auf eine dieser ungerechten Stadt innewohnende Eigenschaft lenken, die heimlich in der heimlichen gerechten Stadt keimt; und es ist das mögliche Erwachen – wie ein aufgeregtes Sichöffnen von Fenstern – einer latenten Liebe zum Gerechten, das noch keinen Regeln unterworfen und imstande ist, eine noch gerechtere Stadt neu zu errichten, als sie dies gewesen, noch bevor sie Gefäß der Ungerechtigkeit wurde. Doch forscht man weiter im Innern dieses neuen Keims von Gerechtigkeit, so entdeckt man einen kleinen Fleck, der sich ausdehnt wie die wachsende Neigung, das Gerechte durch das Ungerechte zu erzwingen, und vielleicht ist es der Keim einer riesigen Metropole ...

Aus meiner Rede wirst du den Schluß gezogen haben, daß das wirkliche Berenice eine zeitliche Folge verschiedener, abwechselnd gerechter und ungerechter Städte ist. Doch worauf ich dich aufmerksam machen wollte, ist etwas anderes: daß alle künftigen Berenices schon in diesem Augenblick zugegen sind, die eine in die andere gehüllt, eng und gedrängt und nicht zu entwirren.

Des Groß-Khans Atlas enthält auch die Karten der verheißenen, im Geiste besuchten, aber noch nicht entdeckten oder gegründeten Gebiete: die Nova Atlantis, die Utopia, die Civitas Solia, die Oceana, Tamoé, Harmonie, New Lanark, Icaria.

Kublai fragte Marco: »Du, der du ringsum forschest und siehst und vermerkst, kannst mir wohl sagen, zu welcher von all diesen Zukünften uns die guten Winde treiben werden.«

»Für diese Häfen könnte ich weder eine Route auf der Karte eintragen noch ein Ankunftsdatum bestimmen. Manchmal genügt mir eine Lichtung in einer maßlosen Landschaft, ein Aufleuchten von Lichtern im Nebel, der Dialog zweier Passanten, die sich im Gedränge begegnen, mir vorzustellen, daß ich von hier Stück um Stück die vollkommene Stadt zusammensetzen werde, errichtet aus Fragmenten, die mit dem Rest vermischt sind, aus Augenblicken, die durch Intervalle getrennt sind, aus Signalen, die einer ausschickt, ohne zu wissen, wer sie empfängt. Wenn ich dir sage, daß die Stadt, der meine Reise gilt, keine Kontinuität in Raum und Zeit besitzt, einmal lockerer und einmal dichter ist, so darfst du nicht meinen, daß man mit dem Suchen aufhören könnte. Während wir gerade sprechen, ersteht sie vielleicht verstreut in den Grenzen deines Imperiums; du kannst sie auffinden, aber auf die Weise, die ich dir sagte.«

Doch schon schlug der Groß-Khan in seinem Atlas die Pläne der Städte auf, die von Alpträumen und Verwünschungen bedroht sind: Henoch, Babylon, Yahoo, Butua, Brave New World.

Er sagt: »Alles ist vergebens, wenn der letzte Anlegeplatz nur die Höllenstadt sein kann und die Strömung uns in einer sich stets verengenden Spirale dort hinunterzieht.«

Und Polo: »Die Hölle der Lebenden ist nicht etwas, was sein wird; gibt es eine, so ist es die, die schon da ist, die Hölle, in der wir tagtäglich wohnen, die wir durch unser Zusammensein bilden. Zwei Arten gibt es, nicht darunter zu leiden. Die eine fällt vielen recht leicht: die Hölle akzeptieren und so sehr Teil davon werden, daß man sie nicht mehr erkennt. Die andere ist gewagt und erfordert dauernde Vorsicht und Aufmerksamkeit: suchen und zu erkennen wissen, wer und was inmitten der Hölle nicht Hölle ist, und ihm Bestand und Raum geben.«

INHALT

I

. . .

. . .

II

. . .

. . .

III

. . .

Italo Calvino im
Carl Hanser Verlag

Das Schloß, darin sich Schicksale kreuzen
Aus dem Italienischen von
Heinz Riedt

»Ich veröffentliche dieses Buch, um mich von ihm zu befreien: jahrelang hat es mich gefangengehalten. Begonnen hatte ich damit, daß ich Tarotkarten irgendwie aneinanderlegte; ich wollte sehen, ob es mir gelingen würde, eine Geschichte herauszuholen ... Ich begriff, daß die Tarots eine Konstruktionsmaschine für Erzählungen sind ... Mir kam die höllische Versuchung, alle Geschichten zu evozieren, die in einem Tarotspiel stecken können.« Nun sind die an Wundern reichen Erzählungen dieses Buches sicherlich nicht geeignet, die alte Wahrsagetradition des Tarots fortzuführen, gleichwohl besitzen sie durch die Darstellung archetypischer Situationen eine magische Kraft.

Die Tarots reihen sich in einer doppelten vertikalen oder horizontalen Sequenz aneinander und werden von drei anderen Doppelreihen gekreuzt, die wieder andere Geschichten bilden. Mit dieser Figurenfolge werden Geschichten erzählt, die das geschriebene Wort zu rekonstruieren und zu deuten versucht. Eingefaßt werden die Geschichten von einer Rahmenhandlung: In einem Schloß und in einer Taverne trifft sich eine untereinander kaum bekannte Gesellschaft, der es »die Sprache verschlagen hat« – so erzählen die Reisenden mittels der Karten ihre Abenteuer.

Wenn ein Reisender in einer Winternacht
Roman. 5. Auflage 1983
Aus dem Italienischen von
Burkhart Kroeber

»Ein außergewöhnliches Buch ... So etwas hatte ich mir, um offen zu sein, schon lange gewünscht. So ein Buch. Prall und deftig, mit beiden Händen ins Leben gegriffen, saftig, detailreich, dicht dazu, voller versteckter und offener Bezüge, dabei raffiniert und hinterlistig, immer so erzählt, daß sich die Balken biegen.«

W. Martin Lüdke im SPIEGEL

»Du schickst dich an, den neuen Roman ›Wenn ein Reisender in einer Winternacht‹ von Italo Calvino zu lesen.« So muß, so darf, so kann nur ein Buch beginnen, welches sich seinen Leser selber erzeugt, als ob es ihn gäbe. Die schönste Fiktion in diesem Herbst ... die amüsanteste anrührenste Leseschnitzeljagd seit langem, ein Vergnügen, ganz leicht und unverschwitzt zubereitet.

Gerhard Stadelmaier in der ZEIT

Der Baron auf den Bäumen
Roman. 1984.
Aus dem Italienischen
von Oswald von Nostitz

Italo Calvinos Aus- und Aufsteiger (in die Bäume) – Geschichte ›Der Baron auf den Bäumen‹ ist ein Märchen über Freiheit und Poesie, bei dessen Lektüre man sich fragt, wie in unserer vergrämten Zeit ein Autor überhaupt in der Lage sein kann, ein derart ergötzliches, mit immer neuen Einfällen und Phantastereien angefülltes Buch zu schreiben. Aber es ist mehr als Phantasie, ›Der Baron auf den Bäumen‹ ist nicht nur übermütig, sondern klug, witzig und zugleich melancholisch, tollkühn und voller Wahrheiten, so daß der Leser sich am Ende fragt, ob denn nicht er verrückt sei, daß er auf dem Boden der harten Tatsachen statt auf den Bäumen lebt.

In Vorbereitung

Der geteilte Visconte

Der Ritter, den es nicht gab